中公文庫

朝のあかり

石垣りんエッセイ集

石垣りん

中央公論新社

目次

II　ひとりで暮らす　83

朝のあかり

石垣りんエッセイ集

I　はたらく

宿借り

女のひとが年を取るにつれ、ハンドバッグも大きいのを持つようになる、という。たぶんそのことは、家庭にいる人より、外で働く人の場合にあてはまる。めったに更新しないけれど、ハンドバッグを買うとき、私は、たくさんはいること、軽いこと（同時に値段の高すぎないこと）に気を配る。袋物店の店先で、いくつかの品を手秤りにかけて、重さに首をかたむけている人がいたら、それは私だ。または私によく似た人に違いない。遠い道を行くのに、荷が重いのは禁物である。

買ったバッグに入れるのは、日常最小限の必需品であるから、手放すとたちまち不自由になる。病院へ入院する時も、これを持参した覚えがある。寝ている枕もとのハンドバッグは少しくたびれていて、とどのつまりこれにて用の足りる女の暮らしのさびしさがあった。

食品会社の社長をしていた親類のオバアサンが、老衰して身体の自由をなくしてしまったとき、見舞いに行ったら、かたわらにワニ皮のハンドバッグを置いて眠っていた。上等のワニ皮であることがわずかに社長の面目(めんぼく)を保っていたけれど、広い屋敷のすみで、最後に手もとに置いたのがやはりハンドバッグだったのか、と私は鼻を熱くした。

朝、ラッシュアワーの東京駅を降りると、出勤する女の人のすべて、と言ってよいほどが、ハンドバッグを持っている。それは会社における彼女たちが、自分の時間に自分の物を取りに行く、ちいさなちいさな家。

宿借りは貝殻を背負って暮らす。働く女性は、ハンドバッグの口をあけたり締めたりして、そこから鏡を出して顔をのぞかせたり、手をひっこめたりする。月給を入れるのもバッグなら、月給が足を出すのもバッグの口である。自分の生活を窮屈にその中におし込んで、彼女たちがどんなにけなげに働くか。バッグバッグバッグ。青い空の底を、おびただしい宿借り族が行列しているようで、それを見る私の目は自然に水のかげりをおびてしまう。

けちん坊

たとえどなたにお支払いするのであっても、自分の財布にある紙幣の中からは、なるべくきれいなの、きれいなのから使うようにしようと決めていても、なに相手は百貨店だ、と思うとついきたないのをつまみ上げている。かと思うと、今夜はこまかいのがない、近所のお風呂屋さんへゆくのに、ちょっと折目のついてないのを出してみせようなどと、これは至ってつまらぬ見栄心をうごかせて、パリリとしたのを持参したりする。

金の使い方というのは、額の多少は勿論、同じ額面の紙幣の使い方でさえ、きれいときたないの違いが出るものである。

いつからそんなことを心がけ、気にするようになったかというと、会社での女子には仕事の外の仕事に集金というのがある。

とあるとき、私は大きな椅子の前で待たされ両手でひらいた紙幣の中から、堂々と、きたないのばかり二枚、三枚とゆっくりえり出して支払われたことがある。これは、かなり上の方へゆかないと出来ないゲイトウだ、と感心はしたけれど、されてみてはじめてわかった。自分の払いっぷりについても、である。いずれは手を離れる通貨のこと、まして同額であれば何の文句があろう。世間様にきれいなのをさし上げる気持になったらどうだ。自分にそう言ってきかせても、つい新しいのを自分のふところへしまいたくなる。それが人情だの美しい物を愛するからだ、などと言えた代物ではない。

けれど最近、サービスをする側の人は、紙幣の中のきれいなのを心がけて相手にさし出すようになった。出納（すいとう）の窓口などでも係の人が良いのをよりわけてくれたりすると、何ともすがすがしい気持になる。

そんな日常のささいな行為の中で、まったく相手にサービスをしないでも通る立場になったら、私というけちん坊はどんな払いっぷりをするだろう。両手でひろげてきたない札をえりぬき、目下と信じる人間に、はじらいもなく支払ったりするだろうか。それならエラクならない方が身の為だなと、どうにもえらくなれない人間はつぶやく。

私も銀行員のはしくれなので、通貨の運用面に関する労苦をちょっぴり。

朝のあかり

夜がきたら、たとえ二つの部屋の片方に家族が集まっていても、あいているもうひとつの部屋を同じように明るくしておきたい。台所も手洗いも、みんな電気をつけておきたい、私は明るさの持つ静かなにぎわいが好きだから。

けれど二人の家族はこの考えに批判的である。いらないあかりをつけておくのはもったいない、という。それで、私が外から帰ってくると、人のいる所だけが明るくなっている。私はハンドバッグを持ったまま、ついてない電灯のスイッチを入れる。ねえ、ふすまひとつへだてた隣りがくらがりに沈んでいるより、明るい方が何となくゆたかでしょうに？でもそれは無駄なことだという。

電灯が宝石のように高価だったら私だって手が出ない。さいわい電気代くらいなら狭い家のこと、全部一晩中つけておいても給料でまかなえるだろう。

ついでながら宝石と電灯が同じ値段で、生活の中でどちらかひとつ選べ、と言われたら私は電灯が欲しい。どうして人は宝石を買ってあかりを節約するのかしら、などとへんな理屈をこねてみるものの、皆が寝静まった頃、私の部屋のあかりだけがカンカンしていて「またゆうべもつけっ放しだった」と責められるのは、あまりバツの良いものではない「もったいない！」

それが度重なった日、私は自分のひけ目から強盗のように居直ってしまった。「もったいないですって？」一日働いてくたぶれて、あれもこれもしようと思いながら、思い果たさず消し忘れた電灯。「デンキぐらい、なんの楽しみもない私の道楽なのに」と泣き落した。

とにかく月給を運んでくる者に、たったひとつの道楽とまで言われては、家人にはもう返す言葉もなかったのだろう。以後、日曜日の朝、八時が九時になろうと、頭上の灯りは誰からも消してもらえなくなり、わずか一〇〇ワットで、私の主張は周囲の明るさから取り残されることになってしまった。

雨と言葉

街を歩いていて、おや？　と、足より先に気持が立ちどまる。そっと手のひらをひらいて、次の一滴を待つ。「降ってきたわ」。

雨ふりは、よく、そんなふうにしてはじまった。このごろは地下道だの、アーケードだのがふえて、だれに言うともない、強いていえば、天からおとずれたものへの、声になったり、ならなかったりする、ひそかな言葉も不要になってきた。

私が働く丸の内のオフィスは八階で、降りはじめた雨をたしかめるのに、上を向かず、はるか下の舗道に目を落す。黒く濡れて、その上をひらいた傘がうごいてゆく。人影はその中にすっぽりはいってしまう。むこうの高層ビルの壁面がまだらに塗れそぼって、雨量や風向きをグラフにして見せていたりする。

それらが昔のサイレント映画を見るように、スクリーンならぬ、一枚のガラスを通して目にうつる。

雨の音を聞かなくなって久しい。私が子供のころの雨、ことに梅雨時は、自分の周囲に長々とふりつづいていた。木造の、壁までしっとり感じられるような家の中で、せめて窓辺で、あきもせず外をながめていたりした。樋（とい）をつたって流れ落ちる雨だれの音。土にしみ込む雨足。長ぐつをはいて原っぱへゆくと、あちこちに生まれた水たまりが、足に浅く、目に深かった。

東京に空地がなくなったのは、遊んでいた土地に全部、値が出たということで、つまり経済の成長とはそういうことでもあるのだろう。私のアキ時間も乏しくなった。働かなければ、ぼんやりもしていられないのである。

いちにちの勤めを終え、立ち寄った喫茶店で、たたんだ傘をテーブルに立てかけ、コーヒーを下さい、とたのんだらウェートレスに「もう雨はやみましたか？」とたずねられた。この人は朝来たまま空を見ていないのだ。私の耳の中で、言葉がやさしく濡れてきた。

目下工事中

十五の年から五十三歳の今日まで同じ職場で働き通した女性が、無事退職、とは言い難いやめかたをした。「とてもがまんがならない」というわけらしい。あと二年で定年を迎えるのに、と同僚後輩から退職金の減収を惜しまれながらの退職である。その人の別れの茶会がひらかれる、というので、私は私同様三十娘の三人と近郊にある会社のグラウンドの隅に最近建てられた茶室に出向いた。

はじめて見る一戸建の茶室は、梅などが咲く土地のなだらかな勾配にたてられていて、浅い春の陽ざしをいっぱいに受け、つくばいの水のきよらかな流れを光らせていた。お茶というのでことさら美々しい和装の若い人たちも大ぜいみえて、はたから見れば常とかわらぬなごやかな茶会の風景である。

四人は離れのあずまやからこれをながめて、彼女はこの先、どうやって暮すのか、とひとごとではない話に口をとがらせていた。

戦前から戦後にかけて働いた者には、会社がこうして、会社の施設を女性に使用させる

ことすらある感慨なしには受け取れないのだ。いい茶室が出来て、という言葉のかげには
それが無かった時代が腹合わせに考えられている。
　婦人運動家などと違って、目的意識がごく消極的で、食べてゆく為に働きつづけてきた
事務員である私たちには、いつも与えられるものを受け取る、という受け身な姿勢ばかり
が、自分ながら目立つ。「こんなグラウンドが出来て、こんな茶室が出来て」いいわねえ、
というわけだ。自分たちのためにつくられた、と知りながら、それはより多く、あとの人
たちのために利用される、ヒガミのような気持もどこかにあるらしい。
　そういえば良い衣地、良い下着、良い施設、それらが目の前にあらわれるたび、「まあ
うれしい」というより「いいわねえ」と、やや客観的な祝辞を発するのも、この三十をは
るかに過ぎた者たちだ。
　茶室にとおって一杯の茶を喫した私が贈られた小扇をひらくと、
　　在職の四十年短し水仙花　　静
とあった。
　随分もとでのかかった俳句だ、とパチリ、痛いような音を立ててそれを胸にたたむと。
　彼女が退職後、ひと月たつかたたない日に、今まで殆んど男子のみだった一般昇格の辞
令が年かさの何人かの女性にも出された、その祝いとも言えぬ祝いをしに、四人は席を立

った。

駅は人間と喧噪の渦、どこもかしこも足場が悪く、顔をしかめて歩く仲間に「あれをごらんなさいよ」と私が指さすと、一人が「目下工事中」と読んだ。

「どこへ行っても工事中ですよ、みんな出来上がったら私たちオバアサンになっているのじゃない？」と説明し、そこで大笑いをすると、四人は一緒に焼鳥屋へ行って、はじめて女だけのオサケ、をかたむけた。

よい顔と幸福

先ごろ職場しんぶんに、私たちの銀行の人は大へん良い顔をしている、という一文が載った。

それは比較の問題だから、銀行以外の人、つまり世間一般の人々にくらべてみて良い顔をしている。良い、といっても形だとか色だとか様々な良さがあるから、何が良いのか、といえばこの場合何となく、であり、人が良い、ということなのだ、と受け取った。

ともかく結構な話であった。

しばらくすると、それに次いでまた一文あった。

本当に銀行の人は良い顔をしている、ことにわが子息たちはまことに良い顔をしているが、この大層な世間を前にして、この良い顔をした子供たちはどうやって世渡りをしてゆくであろう。という、それは、親ともなればそういう心配もあろうかと、心うたれる文章でもあった。

ふたつの文章を読み終えて、私の頭鉢から浮き上がってきた感想は、どうしたわけか、綿アメのようにやわらかく、あじわってみて甘いものだった。

「何という幸福な人たちだろう」

かねて私が、ひそかに深い敬意を払っているこの筆者は、勿論そんな甘いことを書いたのではない、それとはまったく反対なことを暗に指摘して、考慮をうながしたものである。それならなぜ、それを共々に不安となし得ないか。

私は勤続二十五年を数えるが、入行当初に、机を並べて仕事をしている男性を眺め、少女の直感で思いあたったのが「女でよかった」ということだった。

幸福、などという言葉はかなり思考をともなったものだ、と私は思う。直観的には、よかった、とか、うれしい、といった言葉の方が出やすい。私が女でよかった、と思ったとき、私は女であることを幸福だ、と言いかえてもよかった、と思う。それは銀行業務に対する否定、一生の業務としないですむ喜びであった。その喜びは、自分が肯定できる業務に就くことの出来ない最大の不幸について考えおよばなかったのである。

それは私だけの愚かしさに違いないのだけれど、その最大の不幸を忘れさせたものは何か、と言えば生活の困難さ、であったと思う。もしくは困難さへの不安であった。当時もまた非常な就職難で、銀行へはいれた、ということは、それだけでもう客観的には幸福、といわなければならない状態だった。

そのころ、女性の地位は極端に低かった。封建社会になぞらえるなら武士と町人のへだたり、階級がまるで違う扱い。女性は親睦会に入会することも出来なければ、寮の使用もゆるされず職場結婚などもっての外であった。少し無理な表現かもしれないが、今流の言葉を借用すれば、女性は完全なアウトサイダーであった。違う立場から男性を見る、という目は、この長い期間に私の身についてしまって、離れない。

今の若い女性はどういう感じ方で、銀行へはいってくるだろう。とにかくアウトサイドの席は全部とり払われ、すべての席がインサイドにとりつけられている。みな同等なのだ、けれどかなしいかな私は、インサイダーとして物を考える方途を失っているらしいのである。

それが何かの場合につけ、同感とならず、批判となってしまう。（私としては深いなじみの銀行に、何というなじむ心の浅い人間として暮していることだろう）

立派な文章を読みながら、その味は甘かった、などというのも、ざっと、右のような心の形成を持つ者のフラチな感慨なのである。

私は、私が言っては僭越になる、前記の父親の誠実さと、深いあたたかさから推して、それに輪をかけた御子息の姿を容易に思いえがくことが出来て、素直にその心配に打たれる気持が本当はあったのだ。けれど、……

ある時、銀行員の家族と一緒に旅行をしたことがある。連れられてきた子供さんは皆、かわいらしく、組合で、苦しい苦しいと言っている親たちの庇護を充分に受けた、育ちの良い顔をしていられた。

しかし時がたつにつれ、一人の父親が見せた自分の子供に対する放任ぶりは目にあまるものがあった。女性に対する言葉づかいといい、食事のあとテーブルの上をかけ廻るなどに至っては、たしなめようとしない父親にむしろ憤りさえ感じた。

貧しいとはいえ、日本中が貧しい中で、銀行員の給料は先ず上、と言ってさしつかえないだろう。この子供たちはこんな形で愛され、そしてもっと貧しい者たちが進学も就職も困難な中で、割合からみれば恵まれた環境で、上級学校も出、それなりによい職場も得、つまりは銀行員の父親のように、次の世代でも上、の位置につくのではないか、というおそれであった。

このような利己的な傍若無人さで、次の中間層が育てられるのか、というやりきれなさであった。

たぶん、これは例外中の例外、と胸を撫でておいた。

けれど貧しさの中で、かつかつに食べ、したい勉強も出来ぬいらだちに、顔がかわるほどの苦労をしている人間の多い、そこではたくさんの醜悪な事が行われている世間、でい顔をしている人間の集りである銀行という村落の幸福、というのは一体どういう性質のものであるのだろう。

旅行でみたことは、たしかに例外であるとしても、利己と保身を拡大すれば、どれもあの姿に見えてくるのは残念である。それこそ人間の本質である、と人はいうだろうか。

私は青い鳥のお話が好きであった。

半ズボンと帽子の似合うチルチルと、ふくらんだスカートを着て髪のちぢれた可愛いミチルが、きれいな鳥籠を持って旅をする。そしてさがし廻った幸福は、さがさないでもよい、ごく身近な所にあった、という。

それは、随分説得力のある、美しい物語に違いなかった。

幸福、といえばすぐ頭に浮かぶほど、私の子供の頃には、幼い心にしみとおり行きわたっていた青い鳥。

私はそういう幸福への考えかたを、しばらく本棚へあずけておくことにしたい、と思う。

現在は、みんなで、たくさんな幸福をさがしまわらなければなるまい、と考えている。幸福にもいろいろ種類がある、青い鳥に象徴された、どちらかといえば観念的な幸福というものは、時に人間を危険におとし入れるものではないのか。

こんなに大勢の人達が、物質的にも精神的にも困り果てているときに、どうして手もとにあるものの中に幸福を感じなければならないだろう。いつだって、総がかりで求めなければならないものが人間の幸福なのだ。

そんなにも幸福が足りないとき、そのかけらを手にした人間が、すっかり満足してしまう。かけらでしかなくたって、持ってない人より、どんなにましかわかりはしない。はたに無ければないほど、その喜びが大きくなる。戦争中のさつま芋のうまさを思い出させる。

が、そのかけらは、持っていない者から見れば宝である。持っていない者のうちには奪いとっても自分の手に入れたい、と願うこともあるだろう。

持っている者の、不安と焦燥が生じる。少ない物の奪い合いとなる。これが現状として私の目にうつってくる。

だから、かけらならかけらなりに、たくさんさがし、持っていない人たちにも持ってもらうようにしなければ、どうしても困るのだ。その人たちのためばかりでなく、自分たちのためにも。

ここまで書いてみると、私がれいれいしく幸福、と呼んでいるものが、かなり物質的な意味あいのものであることに突きあたる。そうなのだ、今、何が自分や隣人を不幸にみちびいているか、と言えば基本的にそこへ結びついていってしまう。

先年私は慶応病院の三等病室に半年を送ったけれど、六つ並んだベッドに寝たきりの老少におとずれるのは病苦の差だけではなかった。

見舞にきてくれた同僚は「あなた保険料のモトをとったわね」と祝ってくれたが、保険のない女中さんが、もう少しいればよいのに、というような容態であるのに「はずかしいけど、私お金が無いのよ」と言って退院したり、十日目毎の支払日に自分の手術料の金額を気にしている主婦をみるのは、つらかった。

「何という幸福な人たちだろう」

と銀行員に向かって思うとき、その人たちの不幸は見ぬいている筈なのだ。なぜならその次に提示されてあるものが不安、でしかないから。

私は銀行員が、現在従事している業務それ自体に、どれだけ幸福だ、と意識している人があるか、大変疑問に思っている。幸福だって相対的なものであることをまぬがれないから。日本中の人が一応安定した仕事と、将来を約束されたなら、銀行員（全部とはいわない）の不幸はそこからあらためて、はじまるだろう。私はその不幸が、一日も早くはじまって欲しいのだ。不幸の自覚がなければ、幸福の進展なんてありはしない。

大分前の文芸部の集りの時であった。ある年若い男性が、

「僕、また戦争にでもなりゃあいいと思いますね、そしたら良い詩が書けるかも知れないから」

と発言して、戦中派から「とんでもないことをいう奴だ」とつるし上げをくった。

これは笑い話であったが、何とも笑いきれない話であった。私はそこに、戦争の悲惨を知らない人間の幸福と不幸を、同時に感じたから。

あんまり平穏で、幸福といえるような条件が充分になると、たしかに不幸というものが、不幸という形をとらず、おしるこにつけられた辛い昆布のように、欲しくなるものでもあろう。

そうしたら、幸福とか不幸という言葉も、どのようにでも変えたらよい。「ああ欲しいものはないかしら」という不満を、いま、誰が不幸というだろう。

「あなたは幸福ですか」

と聞かれたことが、一度ある。

何の用意もなかった私が、自分の考えを追いながら答えた記憶が、のこっている。

「そう、

私はしあわせです。

だけど、私のまわりの人たちが

ちっともしあわせに見えないから

私はふしあわせかも知れません」

それは年を経て、はっきりした形をとってきた。周囲の不幸は、私の残された夢、私の自由、私の年齢を容赦なく振り落していったので。

私が幸福についていいたいのは、不幸も考え方で幸福にすりかえるのでなく、自分が幸福と感じているものの再検討と、本当の幸福、より以上の幸福への希求をおこたりなくすること、についてである。

そこで今、私はまったく不幸だ、と言おう。いう先から、

「何という幸福な人だろう」

という哄笑のようなものが、ドームに響きわたる合奏のように、頭中にはねかえってくる。自分のこととなると綿アメの抒情どころではなくなるから申し訳ない。どんなにアウトサイドに腰かけていたとしても、私が銀行員である、ということからはずれるわけにはゆかないのだ。

日記

二月五日　日曜、呼び出されて月島の親類へ行く。理由はわかっている。私に早く家を出なさい、という忠告。出ます、と約束する。「私が出て、あと大丈夫かしら?」「そんなことを言っているからいけない」と叱られる。結婚もせず、本当に長く居すぎてしまった。私が食べてきたのは御飯だったか、家族だったか。現在我が家はお墓に七人、こちらに四人。帰途都電で勝鬨(かちどき)橋を渡る。広々とした川の眺めが銀座の目と鼻の先にあることを忘れていた。

二月七日　職場新聞の担当者きて、丸の内のうつりかわりについて書きなさい、という。ビルディングというもの、どれも半永久的かと思っていたら、銀行の建物が耐震理論確立前の設計であるため、四十年で老朽化してしまったという。先日取りこわしをはじめた海上ビル旧館が全体白布に覆われているのをみた時はギョッとした。人間を葬送するカタチに似すぎている、と思って。

二月十一日　紀元節だという。

二月十二日　連休、雪が降り続いている。子供たちはうれしくて仕方ないらしい。近所で声があかるい。家にいても落着かないので午後風呂敷に本一抱え包み電車で五反田まで出る。喫茶店の人ごみは平気なのに家人に見られるのがはずかしい、因果な性分。お茶を飲むわずかな時間に何冊もの本読める筈なし。戻ったら親類の料理店にあずけた下の弟、川崎から来ていた。子供の時病気して簡単な読み書きがせいぜい、そのくせ料理の本など買いこんできて、私共においしい物を食べさせようとする。紫キャベツを買って頂戴、などとねだる大人である。彼がくると母も上の弟も喜んでいるのがわかる。

二月十三日　昼休み、職場で公募した組合歌のことで集会。昨日の日曜、雪合戦をしてくたぶれた話が議題のまくらとなる。雪質が良すぎてダルマには適さなかった、と真面目に語る父親たち、ダルマもむつかしくなってきた。

二月十五日　晴天。新丸ビルの前のきれいに乾いた舗道には、けやきの根かたに白い雪を少量残すばかり。しめっているわずかな地面、まるで木が氷菓子を前にして立っているような感じ。けれど四十分前に出てきた品川在の露地裏はそうゆかない。雪はよごれ果てているのに消えることが出来ない。朝の道はカリカリ凍っているけれど、陽が高くなるとおしるこになる。この生活の差異に嘆きと怒りを訴えるのは中高の私の靴、靴には靴の仲間がいる。

二月十八日　退行後旧丸ビルを散歩する、土曜の午後の習性。丸善へより、はいばらをのぞき、冨山房へはいる。陶器はいいなあ、花屋もちょっと。二階へ足をのばし銀杏堂から御木本（みきもと）の前を通りすぎて文祥堂へ。この時刻は閑散至極、ビルの中の古い落着いた街をゆっくりぬけてゆく。束縛のないよろこびとあてのないさみしさ、終点のヴォアラでコーヒーを飲み本でも読んでいると、太陽は私に無断で傾いてしまう。

二月十九日　家人外出、四畳半占領、炬燵（こたつ）にはいってあたたまったら、去年から抱いてきたひとつの思いが孵（かえ）った。題は「公共」。

　　タダでゆける

ひとりになれる
ノゾミが果たされる、

トナリの人間に
負担をかけることはない
トナリの人間から
要求されることはない
私の主張は閉めた一枚のドア。

職場と
家庭と
どちらもが
与えることと
奪うことをする、
そういうヤマとヤマの間にはさまった
谷間のような

オアシスのような
広場のような
最上のような
最低のような
場所。

つとめの帰り
喫茶店で一杯のコーヒーを飲み終えると
その足でごく自然にゆく
とある新築駅の
比較的清潔な手洗所
持ち物のすべてを棚に上げ
私はいのちのあたたかさをむき出しにする。

三十年働いて
いつからかそこに安楽をみつけた。

二月二十一日　誕生日。若い仲間が「で、おりんちゃん、四捨五入するとどっち?」と笑顔。四十なのか五十なのか、というのだ。大ざっぱすぎやしないか、と意見しておく。ここまで来てしまったからには、いっそオニババリンを宣言、たじろぐことなく生きるため、恥という恥をさらけ出すとしようか。

夜、炬燵の中で四時となる。このところ、隣の家の念仏が十二時をすぎても低く続く。一時をまわる頃には近くの保健所工事現場から、鉄筋を打ち込む音が規則正しく響きはじめる。私の所在を知って台所口へ呼びにきたのはノラ猫シロ、夜食をよこせというのであった。貧しくにぎやかな夜更け、寒い冷たい夜更け。

二月二十四日　長い間働いてきた仲間の一人が、先の目当もなくやめる、というのを皆でひきとめた。だが他人事とも思えない、世間でいうBG、職場の花などと呼ばれ、花を落した後どうやって根を深くすれば立って行けるか。また、未婚者が自分の資質をゆがめず、素直に年をとるにはどうしたら良いか、その困難さについて、先輩女性と語り合う。

二月二十六日　ニイニイロク、三十一年前、赤坂山王下近くに住んでいたことを思い出す。何が起ったか、すぐそばに居て知らなかった。あのときは少女だった、じゃ今はどうなのか。

二月二十八日　住宅公団の申込抽籤結果、落選のはがき、大分たまる。面倒だけれど、どこかさがしてひとりになろう。

三月四日　昼、仕事をしていたらお茶にさそわれ、パレスホテル十階に案内された。宮城前広場と濠端のビル街が一望出来る結構な場所である。話がどこを通ってそこへ行ったのか、戦争のことになる。話しながらふと、二重橋に目がゆく。よく構築されてある――そう思い、目を右にズラすと緑の木の間がくれにダイダイ色の新宮殿造営中の姿があった。

晴着

まだ夏もはじめのころ、職場の若い同僚が「ねえ石垣さん」と、話とも相談ともつかない声をかけてきた。「あたし、どうしようかしら?」

どうしようか、ときのうから迷っているのはお母さんと見てきた、それは金糸で鶴が舞い降りてきた模様のある、地色がピンクの振り袖のことで。気に入ってはいるんだけど、値段が高いの、という。高いけど、お母さんが買ってくれる、というの。だけど、そりゃ欲しいけど、バカらしいような気もして。

思いあまり、お嫁に行ったお姉さんに相談したら「買って上げる、って言うんなら、買ってもらえばいいじゃない」という返事なのだそうである。私に聞いてもらいたい部分は「欲しいけれどバカらしいような気」のするあたりで。

そうねえ、まず着るのは来年の新春仕事始めに一回、あとは友だちの結婚式に呼ばれた時の用意、これが何回あるか。そのために、自身で働いたお金では、ボーナス全部でも足りないほどの晴着を買ってしまうのは勿体ないから……。「やめなさいよ」

若い仲間は、自分の迷いのバランス。お姉さんの言葉で買う方へ傾いたハカリを、もう一度買わないほうへ動かしてくれる、そんなひとことを私から受け取りたいのだろう、と思った。

けれど私は迷うばかりだった。買って上げるというならもらっておきなさいよ、というお姉さんの言葉には、金に替えられないもの、若さへのはなむけがあり。お母さんの申し出には裕福な背景と愛情が見られ、迷っている同僚には働く女性の、賃金の貧しさがあって、どれも捨てがたい気持の余韻がある。

あとでハカリは完全に買うほうへ傾いたらしい。何日かたった退社ぎわに、きょうは出来上がった着物をとりに行くのだという彼女のうれしそうな顔から、私はもらい笑いをしてしまった。

近代的な職場、とはいっても娘さんが、振り袖、というシッポをふさふさとたらす古い日が、一日ある。などと言うつもりはない。女には装う、という期待と悩みがあって、それへの用意が、半年も、それ以上も前から心がけられたりしているという、そんないじらしい話がしてみたかった。

着物が思い通り手にはいる娘には喜びであり、困ったことに誇示であったり。手に入れられないものには嘆きであり。算盤をはじいて欠勤の道を選ぶ者もいる。やむを得ず、または装わないことを自負に置きかえて一日を支えるか、心情的に正月を棄権して挨拶だけつきあうやりかたもある。

とにかく、オメデトウと口でかわすだけでは片付かない問題をかかえた日が、女性の上に毎年早々とおとずれる。

いつからか、部員そろっての記念撮影というのがハヤリ出した。会社で長居をしていると、その写真の枚数がふえていく。はじめは五十人近い中の三分の一を占める女性ほとんど晴着姿だったのが、一人洋服がはじまり、おや？　と思うと二人欠席していたり。翌年は洋服が三人になったり、している。

自分を良く見てもらいたいと願うような相手の男性が多ければ、女性の晴着姿もいちだんとにぎわうのだろうか。男性の好みが変われば、女性の新春の装いもかわるのだろうか。

女性の好みで男性が装いをととのえるという日も来るだろうか。

振り袖の力で、仕事始めに仕事をしない職場も出てきた。

事務服

私の働いている銀行が、事務服の改善を打ち出したとき、どういうことになるのか、とハラハラした。

長い間、事務服といえばよごれの目立たない上っ張りで、企業ごとに色や形が決められているとは言うものの、似たりよったりが通例だった。

それは働き着であって、おしゃれ着ではない。労働することで必要以上いたむであろうところの個人の衣装を保護する目的の、家庭でいえば割烹着（かっぽうぎ）みたいなものだった。

デパートや航空会社が、美人をそろえてきれいな制服を着せる、その効果を見定めた産業会社や金融機関が、ワレもということでまねしはじめたのか。それとも働く女性の側から、「あらいいわねえ」という羨望（せんぼう）が生じ、ふくれ上がったための流行か。

とにかく労使一本になって推進できる都合のいい改善であったので。いつかしら女性は、容姿自体が社名であるようなカッコよさ？　で、画一的に着飾るハメになってしまった。

聞くところによると、ユニホームの良し悪しが人集めにも影響するという。女性は無意識のうちに衣紋掛(えもんかけ)にさがったブラブラの企業イメージに、自分から若い肉体を合致させてゆく。とまでは深刻に考えたりしないで、同じような衿もとから顔を出してニコニコしてしまう。とてもかわいらしい。

女性側では、そのかわいらしい年代には問題がなかった。問題は中年、高年層にとって深刻である。

私の職場では、最初に三通りのスタイルが案として職員組合に提示された。その中のどれが一番いいか、組合が全員にアンケートしたとき、私は困ったなあと思った。渡し舟に乗って広い川幅のおおかたを渡り終え、停年という向こう岸からの手まねきが見えそうな所まできて、三通りのうちのどれを着せられても閉口してしまうようなデザインの服を支給されたとしたら——。それは着るか着ないかではなく、着なければ働けない立場を示されたことになる。私はすっかり思いつめてしまった。会社をやめるべきか、とどまるべきか。これは生活の問題であり、たしかに組合の問題である。しかし組合のアンケートは、デザインの選択に限られていた。

私はいまさらのように濃紺色の、サージの、シャツカラーの、ひざ上までくる身丈の、ふるい事務服に愛着した。働くのにこれほど都合のよいものを大金をかけて取替える必要がどこにあろう、もったいない話だ。

もしかしたら、若い人にしか似合わないユニホームをつくることで、中高年層をいたたまれなくする、または若い人たちにもあまり長居しないほうがよい、と思わせる。そんな計算もふくまれているのではないか、と勘繰った。「もちろんそうよ」、同僚のひとりは軽く答えた。どうも私の世代はひがみっぽい。

とにかく大勢はいかんともしがたく、反対はなかったかのように、多数決という大義名分により、選ばれたスタイルで見本がつくられた。それを誰それが着て、重役諸公に見せたとか、見せないとか。

「ねえ、どうなさる？」

「なによ」

「着ますか？」

「だって、着なけりゃしようがないでしょう？」

「…………」

「ペイ、ペイですよ」

大先輩は自若（じじゃく）として言った。そのことばで私の迷いはさめた。まったく、働かなければ食べて行けない事実を、たかがユニホーム一枚で忘れそうになるとは。職業意識が甘いと言われてもしかたがない。

それにしても、太平洋戦争中衣料品が切符割当制になって、事務服の支給など考えられなくなった時代を通り越して、いつまたユニホームなどが復活したのだろう。

戦後の組合で男女同権論がにぎやかな最中に、事務服がもらえないなら、エプロンでもいいから下さい。そんな女性からの要望があったことを思い出す。私服がよごれる、もしよごれるような仕事ならよごした上で、そのぶんまで賃金を正面から要求する、という方向には行かないで。

退社してゆく人には、「会社の思い出にどうぞ」とプレゼントされるそうだけれど、ホント我が国は情緒的だなあ、と感心もし、上っ張りと違って、その人その人にだいたい合わせてある制服は回収しても利用度はないのだから、と冷静にもなる。

はずかしながら、働いて三十年余り。私ははじめて頂戴した給金十八円のあふれる喜びと、はじめて最新のユニホームを着せられた時のあふれるかなしみを忘れはしないだろう。

事務員として働きつづけて

はじめに私が選んだのは、働く、ということでした。その志の中継ぎをしてくれたのは職業紹介所で、私を選んでくれたのは銀行でした。

たいへん就職難の時代で、こちらがどこをと希望する余地はありませんでした。あってもよくわからなかったと思います。会社という相手に対して希望があるわけではなく、働く場を求めただけのことです。

いまの人はまず仕事を選び、職場を選び、そこで自分をどう生かそうか、と考えるのでしょうか？　私の場合は働いて得た金をどう生かそうか、その生かし方で自分を生かそうと、少し回り道をして考えました。それは職業に対して無自覚な態度である、と現在なら責められるかも知れません。それで私が説明しなければならなくなるのですが、あの時代のオットメに、少女がどれだけ自分を生かすことの出来る職場があったか、ということです。昭和十年ごろのことです。

一般の会社では、女性はあくまでも使われる者の立場。身分制というものがゆるぎなく立ちはだかっていて、経営者の次に男性という上層があり、その下で働くという、二重の枷（かせ）がありました。それさえ明確には気づかなかった、というのがほんとうですが。昇進というものから切り離された女性の地位は、昇給という形であがなわれ、上へ行くといっても女性の中で少し頭株になる、という程度のことでした。

そこに私の希望がありました。昇進の労を必要としない女の身分に満足したのです。売り渡さないですむ心情、とでも申しましょうか。自分を確保することがたやすかったのです。私は会社にとり入る心、会社が必要とする学問、栄達への努力をしないで働くことが可能でした。いい換えれば、ちょっとした走り使い、たのまれる範囲の仕事を、けれど頼まれた以上はできるだけちゃんと、していればよかったのです。そのために受け取るものが少ないのはがまんしなければなりませんでした。同僚とくらべて少ない時は、そのがまんもつらかったことを白状いたします。

ところが、この金を受けとることの少ない立場というのは金だけにとどまらないのが社会でした。金を多くとり得る人たちは力を持っていたし、権力さえ握っていることに気づかされて行きます。鼻っ柱の強い元気な少女は次第に自信を失い、自己卑下を処世とだぶらせ日常化し、元気のかわりにあきらめをとり入れながら年月を重ねることになります。その間、不景気、戦争、インフレ、といった状勢は、どんな小さい人間をも、小さいゆえによけいたやすく巻き込むことをしてきました。今日の私はその果てで働いています。

仕事の上でこれという発展もなく、それゆえたいした昇格もせず（戦後、女性も役職者への道がひらけてきましたがまだまだ微々たるものです）、律義に働いたつもりだ、と主張しても、入社時とあまり変わらない律義さでは、使う方も困るだろうと察しがつきます。かいつまんで言ってしまうと、つまり私は職業人としての落第生、悪い見本です。これから働きに出る、学問や技術を充分に身につけたであろう若い人たちに、何の助言ができるか、と考えます。その資格は無いようです。ただ、忠義の人をたやすく信じません。戦争中、職業軍人が国に示した忠誠、あの忠誠とは何であったか。戦後、会社勤めをする人々が、会社への忠勤をはげむ、その忠勤の本質は何であるのか。優秀な会社員が公害企業の重役や社長になりおおせた姿を見て、またしても目を見はる思いがいたします。では何にもなれなかった私は、それらと無縁なのか。私の手は汚れていないのか？

いっぽうではそんな問いを据え、片方ではさざ波よせつづけるちいさい静かな入江のような職場で、互いの神経だけがこまかくこんがらかる毎日をどうすごしよくするか、といった問題に悩まされて通勤します。どちらが時間的に多く心を領するか、といえば後者です。

そこで、私に問いかけられたところの「魅力ある職業人」とは何を指すのか、逆に聞きたいと思います。魅力といっても、それは誰にとっての魅力なのか。経営者側にとっての魅力ある女性、男性側から見た魅力ある人、同性にとっての魅力ある仲間、色々あり、その全部から魅力を感じてもらいたい、という至難なことをねがう人もあろうか、と思います。私のあずかり知ることではありません。

では私は同僚として、どういう人を仲間にしたいだろうか？　我こそは魅力ある女性に、などと気負わない、ごく自然にああいいなあ、とひかれるような魅力。働く以上しなければならない地味な仕事を果し、日常の挨拶など上下の区別なく、男女の区別なく、気持よくとりかわし、女性でいて女性をバカにしてかかることのない人といっしょなら、ずい分やりよいだろうと思います。

おそば

太平洋戦争が終わったあと、東京丸の内のとある町かどで、二人の婦人が靴みがきをはじめました。それがもう二十年以上になります。はじめたとき四十歳前後だったでしょうか。おばさんたちは歩道に正座し、私はその横を通りすぎる。

いつでしたか、ビルの地下にあるおそばやさんで私がモリソバを食べていると、おばさんのひとりが店にはいってきて、前に腰かけました。はこばれてきたのはタヌキソバ。箸(はし)をとったおばさんは、下を向かなくともどんぶりのへりが口のへんに届いてしまうほど、靴をみがく時のかっこうのまま背がこごんでおりました。

このところそのおばさんの姿が見えません。どうしたのでしょう？　気にかかります。もうひとりのおばさんが日よけに黒い雨傘を立てはじめました。プラタナスは新緑です。

信用

けさは雨に打たれていた。
プラスチック製もりそば容器とつゆ碗。
丸の内のとある四ツ角。
その舗道に立っている一本のプラタナスは
からになった食器を根元に置いて
宮廷の門番以上に姿勢がいい。
そば屋が取りにきたら
挙手の礼をするかもしれない。
ビルディングの絶壁を背に
晴れさえすれば早朝から
しつらえられる二つの席。
前に立つ時すべての者が自分の足もとに目を落す貴賓席は
あいにくの雨でとり片付けられている。
戦後荒れ果てた東京駅前に

四十歳前後の婦人がふたり。
膝をそろえて坐った。
その日から二十余年。
街には高層建築がふえた。
二人のうちの一人が靴を磨くかっこうのまま
すっかり背がこごんでしまった。
靴磨き料金が少しずつ上がってきた。
が、
それらは歴史の変動にあまりかかわりを持たないだろう。
重大なのはごく最近
そばやが出前をはじめたことだ。
財産といったらほうきと座ぶとん
木箱一杯の商売道具。
店をしまえば跡かたもない
そのあたり
このあたり

百人千人通りすぎる道ばたに
「置いといてくれればいいです」
と出前持ちに言わせた。
老女たちの領域
領域のひそかな繁栄。
口笛吹いてそばやは通うだろう。
この客の前でそばやは卑屈にならないだろう。
仮にプラタナス国。
皇后の食器は今朝
雨に打たれハネをあげている。

領分のない人たち

「おばあさん」という呼び名は、どういうときに使われるのでしょう。

年とった女の人の総称のようでもあり、四十歳であっても、孫があればおばあさんです。孫のない、五十なかばの私の友人は公園で、子ども連れの婦人に「おばあちゃま」と言われショックを受けた、と言います。

孫があっても、詩人の英美子さんはおばあさんという呼び名を拒否し、ヨシコと呼ばせているそうです。ある時、私が英さんのお孫さんの背にちょっと手を添えた、その手に心がとまった、と言って、「いつか自分がいなくなったとき、その成長に目をとめて欲しい」という便りをよこされ、人間というものの持つかなしみの深さに、からだをあつくした覚えがあります。

先日、町を歩いていて、働く女性の大先輩と思われる人を見かけ、ハッといたしました。六十歳よりはかなり上に思われる、体格のよいからだに、仕立の良い服を着こなし、帽子をかむり、私の前をつっ切って行くとき、胸打たれたのはすっかりこごんだ背の丸さで、それだけがその婦人の持つ全体の感じに不釣合でした。

肉体がどんなに年をとっても、仕事のほうがまだまだ若い精神を必要としているのだろう、と想像しました。もし声をかけなければならなかったとしたら、私は何と呼んだでしょうか。当然名前で。それを知らない場合にもせいぜい「オクサン」と言うだろうと思います。

おばあさんという呼び名が、老い、と無関係でないなら、同性として、よほど相手のことを考えた上で使います。要注意、それが礼儀だと心得ます。

「おばあさんになったら、おばあさんでいいじゃないの?」若い人は文句を言いますか? 若い人でなくても「私はおばあちゃんで結構よ」。自足し、周囲に不満を抱かないでいる模範的お年寄りからも、物言いがつきそうです。

わかりました。そういう人たちは手をあげて下さい。二つに別れましょう。問題のない人にしばらく黙っていてもらうために。

戦後、いろんな呼び名が変更されました。芸人が芸術家になり、文士が作家になり、大工が建築士になり、女中がお手伝いになる、といったことを、私はつまらないことだと考えました。名前を変えてどうする、その仕事に自信と誇りを持つことのほうが先ではないか、と。女中が女中と言われるままで十分立派に扱ってもらえるような世の中にしたほうがいい、と。

そのデンでゆくと、おばあさんはおばあさんでよいことになるはずですが、少し違うと思うのは身勝手というものでしょうか。

孫は可愛い、けれどオバアチャンと呼ばれるのはイヤだという場合、これからは呼んでもらいたい名を孫に教えたらどんなものでしょう。雰囲気として新鮮になると思います。

最近、年をとった独身女性がふえて来ています。そのひとりである私も、あと何年かすると五十四歳で死んだ祖母の年齢になるのですが。この中には戦争犠牲者が多く、もし平和だったら八〇%から九〇%の人が独身で老年を迎えることはなかったろう、と思われます。家庭があって、はじめておばあちゃんの領分、というような区画も主張できるのでしょうが、その土台のない人たちです。

そこで戦前と戦後が、私の年齢を真っ二つにした形で比較されます。つまり、二十五歳ぐらいまでに知っていた老人と、それ以後の老人です。たとえば、ふるさとの南伊豆で一生を送った大伯母など、遠くから見ただけの感想ですが、ごく自然に年をとり、いのちを全うして、祖父の言葉を借りれば「目をネムリました」そんな表現をするほどおだやかな死に方をしました。それならしあわせだったかというと、早くから寡婦となり、ひとりむすこには自殺され、家族に頼るというアテのない人でした。ただ自分の手仕事を持ち、こころこめて生きるというささやかな願いを、前もって辞世の歌などにして、近隣、村人との連帯の中でおだやかに老けていました。そこには孤独の影がなく、にぎわいさえ感じられました。

自然が、私共の周囲から減ってゆくのと同じ歩調で、いままであった老境、という自然も乏しくなり、ススキの穂のように白髪を光らせながら一歩退いた場所で世の中の背景をなす、というわけには行かなくなったことを感じます。

実利ばかり追い求めた社会の、行きつくハテのような所に、現在と、これからの老人がちょうど行き合わせたかたちになりました。

結婚もせず、家庭というものを持たなかった私には、子に対する悩みも失望も、まして希望もありませんが。ただ、いままで誰にもたよれなかったから、これからも甘えたり、助けてもらえるアテはありません。そこに重大な不安が発生します。会社で定年が来たら、これまで働いてきたように、その先も職を求めて働くしかない。どんなに収入が少なくても、生きて行くためにはそうする以外にない。

話は違いますが、深沢七郎さんの『楢山節考』が発表になったとき、読後ふとんの中で声を殺して泣いた、その感動を忘れませんが、あれから何年たつでしょう。最近になって、姨捨（うばすて）が物語の中だけのことでもなければ、伝説でもなく、近い将来をも暗示しているのではないか、と思いはじめています。必要度の減った人間が、自分から死にに行かずにはいられない社会。上手にそれを仕組んだ掟のようなもの。そのムゴサを現在に当てはめてみることは、経済の高度成長と呼ばれているもの、ひとつとって見ても明白に思われます。老人の自殺が、ごく日常的なものにならなければ良いと案じます。

さしあたっての希望は、欲しがらない人間になりたい、ということ。誰が何をしてくれなくても。さみしかったら、どのくらいさみしいか耐えてみて、さみしくゆたかになろうと――。

それができるか、できないか。不安は不安として、とにかく覚悟を決めたら、新しい連帯をこばむことなく、隣りの老人と茶のみ話でもはじめたいと思います。

「私たち、いちど個人の殻をぬいでみましょう」

食扶持のこと

私がはじめて銀行に就職した時、月給は十八円。外に一日四十銭の昼食が出た。大ざっぱに計算すると食費が一ヵ月十二円。給料に比例してずいぶんアンバランスな弁当が出た、ということになる。

昭和九年、そのころの高等小学校二年生は数え年で十五、六歳、卒業を前にして就職難という言葉を日常語にしていた。

職業紹介所の人が学校に来て面接をしたとき、第一希望に「店員」と答えた私を、係官は「むつかしいョ」とひとこと言って、じっと見据えた。ブアイソウな女の子だったに違いない。ふたつの銀行に振り向けてくれた。片方が採用に決まった時、もっと大きい方が試験の中途で未決定だった。ひとつ決まったら他の人の邪魔をしない方がいい、と学校の先生は言い、祖父は別の意味で「先に決まった所にしなさい」と言ったあと、付け加えた「あそこの銀行は食べ物の区別をしないから」。

どこで聞いて知っていたのだろう、といまごろ首をかしげる。

さらに、こうも言った「飼われるなら大家の犬に、といいます」。そのころ飼われる、という言葉に抵抗はなかった。暮しに困らぬ家の子女が、嫁入り前の修業に、と女中奉公するのがひとつの生き方でもあった時代である。私は勤めに出た。着物にハカマに靴。これが規定の服装だった。初出勤の日に出された昼食のメニューを、今でもはっきり覚えている。ライスカレーに生玉子が乗り、別皿にえびフライとサラダ。食後にババロワとレモンティが出た。少女は感動した。であれば忘れないのである。

身分制度がはっきりしていて男女差は当然。男女間の交際さえ、行外で逢っても挨拶するなというほど、へだてられていたから、食事だけでもサベツのないのは貴重であった。裏を返せば男性側の給料に比して釣合いのとれた食事が、事務見習生の給料にくらべると破格、ということであった。

それから徐々に、国が戦争に深入りしはじめると、何々貯蓄などということが強いられ、それまでにも、昼食はもっと安くていいからお金で欲しい、といった一部の希望とも結びついて、女性の食事は男性と別種になった。いまから考えると「食べちゃったほうがよかった」のであり、食べてしまった男性より、その限りでは女のほうがお国のために少し多く貯金したことになる。

空襲、敗戦、となると給食など思いもよらず中断されたけれど。物が出はじめると銀行はいち早く昼食の支給を軌道に乗せた。以来何年になろう。とにかく私は銀行のメシを食べ続けて年をとった。あと何年かで定年もこようという昨今、出向を命じられて昼食の出ない事務所で働くことになった。そこではじめて具体的に、食う、食わせてもらう、ということをあらためて考えはじめた。

毎回自分の財布をあけ、ゼニを払って自分の選択した物を食べる。たとえばラーメン屋の腰掛けで、ほうぼうの会社の事務員さんや背広氏にまじってどんぶりを傾けながら、たとえそうしていても、どこまで自分自身で食べているか。まだ食わせてもらっている、あるいは会社がくれたゼニ、という意識から完全に脱出していないのではないか。健康な労働、という肉体のうしろのあたりに忠義のシッポをたらしているのではないか。それがいいとか、悪いとかは別として。お互いキツネの顔つきで口をとがらせて汁をすすっているのではないか。という、それこそ化かされたような幻想にとらわれたりするのである。

次の詩は、しかしそれ以前のものである。

藁

午前の仕事を終え、

昼の食事に会社の大きい食堂へ行くと、
箸を取り上げるころ
きまってバックグラウンド・ミュージックが流れはじめる。

それは
はげしく訴えかけるようなものではなく、
胸をしめつける人間の悲しみ
などでは決してなく、
働く者の気持をなごませ
疲れをいやすような
給食がおいしくなるような、
そういう行きとどいた配慮から周到に選ばれた
たいそう控え目な音色なのである。

その静かな、
ゆりかごの中のような、

子守唄のようなものがゆらめき出すと
私の心はさめる。
なぜかそわそわ落ち着かなくなる。
そして
牛に音楽を聞かせるとオチチの出が良くなる、
という学者の研究発表などが
音色にまじって浮かんでくる。

最近の企業が、
人間とか
人間性とかに対する心くばりには、
得体の知れない親切さがあって
そこに足の立たない深さを感じると、
私は急にもがき出すのだ。

あのバックグラウンド・ミュージックの

やさしい波のまにまに、
溺れる
溺れる
溺れてつかむ
おおヒューマン！

着る人・つくる人

いつか年長の友が私を職場へ訪ねてきたとき、受付で待たされている間に、通りすぎる人たちをながめていたのだろう。

「あなたのとこの男性、みんないい背広を着ているのね」

といわれて、あら、そう？　というほどの顔で黙っていた。

銀行は人が元手だ、というけれど、お金が元手であることは大前提で、そのために金を扱う人間の信用が必要な職場である。このごろはその信用もだいぶガタガタして来ているようだけれど、その人間の服装は地味できちんとしていないことには、対外的に困るのであった。

服装を整えさせるには、それ相応の生活資金を給与しなければならないわけで、みんないい背広を着ているのネ、ということは、まああの暮しをしているの？　というほどの意味にも受け取れた。男の人たちはそうかもョ、とこちらはあきらめたような気分で、紺の事務服の衿もとのあたりに目を落していた。

だが、いい背広だといわれるまで、それが普通だと思っていた私は、同じ職場といわず男性一般の服装に無関心だったといえる。これは相対的なことで、男性が私に無関心だったことの証拠であるかも知れなかった。それゆえ、男の背広の後姿、ことに肩のあたりにはサビシサがある、などという人もあるけれど、私はそうした情緒に見放されたまま年をとった。

最近は、それでも少し目が肥えてきたのか、テレビなどにうつる政治家の、最新流行のらしい衿の形の背広などを見ると、ウッ、と胸にくることがある。仕立工合といい、色合といい、ずいぶんお金のかかった、立派な服装をしている、と感心する。そして、良い服装が良い仕事に通じない、むしろ逆な場合が多い、くらいに考えてしまうこのごろである。

この間、詩を書く人たちの集まりがあったとき、大きなデパートの社長でもある詩人が、青っぽい仕事着を着ているのをみて、女性のひとりが「あらァ、電気やさんと間違えちゃった」と笑い出した。社長が社長らしい服装をしないで、働く人たちにまぎれるようなかっこうをしていられるのは、その人がほんとうに社長の力を持っているためで、どんな姿でいようと、そのことで値打ちの変る人ではないからに違いなかった。

大会社や、官庁に勤めていた人が、たまに転職すると、急にくだけた服装をするのが、まず目立った。サラリーマンが籠の鳥であるなら、背広は肉体の籠。もしかしたら経営者、支配者の鼻息は、ウールという繊維を針金に変質させる術を秘めているのかもわからない。出勤する男たちが背広にボタンをかけるとき、その内側では、魂がどんなに羽ばたこうとも、鍵をかけられた籠から出られない一日がはじまってしまう。

このごろ、ホワイトカラーといわれてきた人たちの間に、カラーワイシャツが一人二人とあらわれ出した。あれは長い統制、無言の規律へのカクメイの、ちいさなノロシであるかも知れず、その人はかなりの決心をして職場にあらわれ、人目の関である最初の一瞬を飛び越すのにちがいない。女性は見て見ぬふりをするのが情というもので、あらァ、などと奇声をあげたりしてはならないのである。

ふだん良質の背広を着こなしている人たちは、ゴルフだの旅行だのというと、ぐんと派手な遊び着に着替えて楽しそうである。その人たちの茶飲み話に、「ねえ、なんで動物園へ子供を連れて行くのに、背広を着てゆく奴等が多いんだろ」というのを聞いて、私は耳をウサギのように立ててしまった。

わかんないの？　背広がよそゆきの人もいるんです。動物園は一年に何回かの外出先。子のために盛装した親の心を知って下さい。と、その辺の事情についてなら私の方にガクがある。

終戦直後の風俗を、復員軍人の階級章なしの軍服がいろどったあとは、米軍放出の衣服がひっぱりだこになった。そんな中古品の背広を着てダンスをしていた青年も、いまは重役室の椅子に腰かけていたりする。

背広は着るもの。けれど私の思い出は昭和十年ごろにまでさかのぼる。父の持家に腕のいい洋服屋さんが住んでいた。少女の私は、サカキさんのオジサン、と呼んでいた。色白で小柄で目鼻立ちのきれいなおとなしい人だった。私は少女雑誌の投稿に余念がなく、毎晩夜更かしをしたものである。あくる日、オジサンはいった。

「おりんちゃん、ゆうべもおそかったですね」

ということは、榊さんもおそくまで仕事台に向かっていたことにほかならなかった。

終戦の年、五月の空襲で東京・赤坂の町は焼けた。ミシンもお得意もなくなった小父さんは、しかたなく郷里の鹿児島へ帰り、やがて盲目となって、先年亡くなられたと聞く。

巣立った日の装い

新聞の家庭欄に母親の質問と、その投書への回答が載っていました。今春、女子大を卒業する娘さんの衣装相談です。式および謝恩会に本人が袴をはきたいというけれど、どんな帯をしめればよいのでしょうか。どんなきまりがあるのですか。

答えの方を読んでゆくと、袴姿の多いのが最近の傾向ということで、ついこの間まで訪問着全盛だった時代もハヤ過ぎ去ったのか、と私は驚きました。さらに目を見張ったのは写真です。長袖の着物に袴、その裾から靴がのぞいています。タイトルに「巣立つ日の装い」とありました。

それは今から四十年以上前、私が社会へ「巣立った日の装い」とそっくり同じでした。違うところといえば、着物に肩上げをしてないことぐらいかしら? そうつぶやくことで私は、髪にリボンを結び卒業証書の紙筒を手にしたモデルさんと、働きに出た日の自分の年齢の差をはかっているのでした。肩上げというのは、女子が成長期に着る着物や羽織の肩をほんの少々つまみ縫いしておく、その部分を呼んだもの。

昭和九年、東京丸の内の銀行に事務見習員として採用されたとき、私は十四歳でした。当時は小学校六年の上に高等科というのがあって二年で卒業します。女性の高等教育は現在ほど普及していなかったので、女学校を出れば大いばり、さらに専門学校、女子大学に進む人はごくまれで、私の同級生で一人か二人いたでしょうか。普通の大学は女人禁制でした。

学校の勉強が嫌いな私には好都合ともいえる時代でしたが、これは行く先たいへん不都合な結果をまねくことになります。高小卒という、肩上げならぬ肩書は成長した時点で縫い糸をぬけば消える、というわけにはゆかず、入社以来定年退職する日まで付いてまわるのが学歴なのでした。

その間、働きながらこつこつ書き続けてきた詩の中の何篇かが現在の教科書に使われていて、学校に縁の薄かった私が、思いがけないかたちでかかわりを持つことになりました。たまにはその門をくぐる場合もあります。そこで本職の教師から、先生などと声をかけられるとニセモノはおろおろしてしまいます。

先日おとずれた中学校三年生のクラスで、私は通算八年間学校で学んだだけなので、あなた方のほうが学歴が上なのです、というと少年少女たちは大笑いしてくれました。私が使って見せたものさしが、生徒にはおかしかったのでしょう。けれど彼らもまたそれと同じものさしで人間を計られ、評価されることがあるかもわかりません。

衣装の流行は、肉体というちいさな島をめぐって還流するのでしょうか。同じようなパターンが周期をともなって通過する感じです。昭和五十四年、多くの女子大生が「巣立つ日の装い」として身につける袴、というもの。初出勤の私に職場が制服として着用を指定してきたときにも、かなり古色な代物でした。女子大生はもちろん、その母親が投書して専門家の答えを待たなければ、袴の下にどんな帯を用意してよいのか、わからないのもうなずけます。

袴は紺、緑、紫、茶、えんじなどの色があり、材質はサージと呼ばれるウールがほとんどで、新品は仕立て上がりで二万八千円、と紹介されています。貸し衣装では一日四千円ぐらいから、という情報に新しさを感じました。私が百貨店で買ってもらった袴も材質はサージの紺色、値段は十二円ぐらいだったでしょうか。靴が手縫いの注文品で一足七円。当時としてはかなり高価だったのでこれは忘れません。そのころも今におとらぬ就職難でしたから、父は娘の門出を祝って投資してくれたのです。初任給は十八円でした。

試験管に入れて

すぎ去った日の、底のほうに沈んでいたちいさな言葉、なんでもない言葉が、とつぜん目の前に浮き上がってくることがあります。

「これが上の娘です。気まま者でして」

まだ若かったころの父が、笑いながら相手に向かっていうとき、ひとりの童女は、どうやら自分は気まま者という、あまりほめたものではないらしい、けれどその子をはじめて紹介する父の仲間、大人という仲間に向かって、ニコニコ押し出してやりたいほどの、わずかな満足をかくしているらしいことを感知して、親の、腰のあたりに身をひそめ、テレながら外をうかがい、甘えと、おそれと、もひとつ、そういう者であるらしいところの自分を新しく意識するのでした。

後年私は、どちらかといえば陽気な、小心で律義だったこの父に反目(はんもく)し、いきどおりの中で恨み死にさせてしまうことになるのですが。

振り返ってみたとき、ただなつかしい、と言ってしまえばそれで済んでしまいそうな、あの紹介の中に、ズバリと子を見通した父親としての評価があることに気が付きます。私の本性はたいへん気まま、わがままに出来ているようです。私は私であるがままにずっと生きて行きたかったろう、と思います。それの出来なくなってゆく過程、出来ないことが積み重なってゆく月日の中に、私の人生は展開いたしました。

どう生きるか、その生き方について語れ、と言われても、私は答えられることは何ひとつ無いのに困りました。私は生きてきた、それだけのことです。具体的には物の食べ方、働き方、人とのつき合い方など、私らしいとても自慢にならない下手なやり方があるわけですが、その実績を紙一重でも超えて、生き方、という旗じるしを掲げることが出来ません。

私が育てられたのは、ちいさいけれど暮らしに困ることもない商家でした。足りないものは四つの時に亡くなった母親。過去があって現在があるように、ないことによってあるものが支えられているとしたら、亡い母親は、私にあるべき運命をさずけた、とでもいうのでしょうか。母と呼ぶ人を四人迎えました。その手前には三人の母の死があるわけです。私がごく自然に、自分をしばるものから解き放し、自由に生きることをいのち全体で希望したに違いありません。十五歳の時点では教育と家庭から。それで最初に選んだのが働くことでした。というと少し立派にきこえますが、勝手につかえるお金が欲しかっただけです。

お金とはこわいものです。お金が与えてくれる自由が、どんなに自由というものの部分にすぎないか思い知るのは、私にとって容易なことではありませんでした。

いま振り返ってみると、自分が望んではっきりと道を選ぶことが出来たのはその時だけでした。

話がとんでしまいますが、政治には、この部分的自由を極端に一ヵ所に蓄積してしまい、少数の人がその鍵を握ることで人の心を貧しく、飢えさせ、ただもう自由は金の力を借りるしかないように世間をかりたてることで繁栄する方法もあるのだ、と知りました。

気ままものの私が、少女のころから働くことでわがままを伸ばそうとし、そのためにしたがまんの分量を考えると、奇妙なおかしさがこみ上げてまいります。

年をとるほど、親族と、生活の不安は私を束縛し、定収入、つまりサラリーマンとしての位置から一歩もはずれることなく、保身をはかってきました。職場が銀行だからそれが出来た、ともいえるのですが。その間、戦争は家を焼き、敗戦が家族の病気とともにおとずれたりしました。

人はよく前向きに生きる、と申しますが、私が前を向くと、うしろばかりが立ちふさがってくるのです。あまりに不安定な世の中に生まれ、未来ではなく、既にあるものの、どうしようもないかなしみのようなものに手も足も染めて、何とかしなければ、という思いにばかりかり立てられるために。希望とまでゆかない、こまやかな願いごとをつなぎ合わせることで日々をつないできました。

戦後、私を大切にしてくれていた祖父が亡くなる前、年をとったひとりの女が生きてゆくことをどのように案じるか、たずねました。「お嫁にも行かないで、この先、私がやってゆけると思う?」「ゆけると思うよ」「私は、私で終わらせようと思っているのだけれど」「ああいいだろうよ、人間、そうしあわせなものでもなかった」

闇の世を立ち出でてみればあとは明月だった、という句を、祖父は口うつしで私に伝え、やがて逝(ゆ)きました。

あの会話は、からだの自由を失った老人が、私の将来に見当をつけての思いやりだったと気が付きます。

これからひとりで老年を迎えることがどれほどさみしいか試さなければ、といった覚悟のようなものは多少用意したつもりでしたが、実際はどう堪えおおせますことか。時には試験管の中に自分を入れ、振ってみます。

そんな旗じるしのない私の精いっぱいの表白が、詩のような形をとりはじめてずいぶん久しいのです。

唱歌

みえない、朝と夜がこんなに早く入れ替わるのに。
みえない、父と母が死んでみせてくれたのに。
みえない、
私にはそこの所がみえない。
　（くりかえし）

女が二十歳を四つ、五つすぎると、近所の悪童どもからオールド・ミスなどと、はやされたりした。いまは昔。昭和ひとけたのころには私も子供の部類にはいっていた。

裏の長屋に、母親と、からだが弱くて働けないという兄を抱え、働きに出ている姉妹がいた。細身、面長で色白の姉娘は「気の毒に、ヒノエウマだそうだ」と噂され、丸型の顔に目まで大きく円かった妹のほうは「保険会社へ出ている」と聞いた。

平屋で間数ふたつだけの家から、着物で帯をおたいこに締めたふたりが、ひっそり並んで勤めに出かけて行くのをときどき見かけた。オールド・ミスって、きれいだなあ、と感心した。

いまになってどうしてあの姉妹のことが思い浮ぶのだろう。小学生の私には、そのふたりがいずれ自分の大先輩に該当するようになるとは、知るよしもなかった。

何年か後、すでに姉妹は引越していなかったけれど、私も着物を着て、同じ路地から勤めに出て行ったのである。

当時、女が外で働くことは特殊な目で見られた。職業婦人という言葉には、まだ新しいひびきが残っていた。そのひびきの中には軽蔑も含まれていた。時代、というものを感じる。時代は変るものだ、という実感もある。

さいきん東京丸の内を歩いていると、かなり年配の事務服姿が目立つ。年齢が近いから、鏡を見るように、反射的に自分を照し見てしまうのかも知れない。

大勢の若い女性にまじって、年配者が目立つほどたくさんいるはずがない。それとも、ほんとに多くなってきているのだろうか。

私の職場でも、このところ女子の定年退職者がふえてきている。女学校なり、高等小学校なりを卒業してすぐ就職した人たちだから、四十年近い勤続者である。

その退職者、あるいは定年の近い女性に、お香奠(こうでん)包みを持参することが度重なっているのに私は気付いた。彼女たちをおとずれる不幸に立ち合うのだ。たいてい母親を亡くしている。

この期に及んで、と思う。母親も娘にたよるしか生きてゆく方法がなかったろうが、娘も親の振り捨てようがなかったのだ。第三者の無慙(むざん)さで、容赦のないところ、そう思う。

器量といい、気立てといい、何も独身で終わらなくてもよかったろう、と考えられる。嫁に行く条件としての悪さといえば、酷い言い方だけれど母親がいたから、といえないこともない。戦争による影響もある。

私は家族というものの親愛、その美しさが、時に一人の人間を食いつぶす修羅を思いえがく。すがる、という行為の弱さとすさまじい力。一方、尽すことの反対給付は何だろう。無意識にうけとり続けたものがあるに違いない。

こんなことをいう私を、先輩、同僚の女性はやさしく恨むだろうか。違うのよ石垣さん、母と私の間柄はそんなんじゃないわ。

そんなのではないにしても、すでに若さからすっかり遠ざかった地点で、喪服をまとい少し瞼（まぶた）を赤くして、はじめて一人立ちした女性を見るのはつらい。身につまされるからかもしれない。

お茶など飲んでの雑談に「でもお母さんはよかった、と思うの。とにかく最後まで面倒みてくれる人がいたんですものね。ひとりで年をとるひとはどうなるのかしら」。無遠慮なことを言うと、これには「そう、そうなのよ」と答える彼女たち。

いまよりずっと若かった日から、この女性を戦争が、家族制度が、税金が、どんな風に遠まきにし、近付き、皺寄せして行ったか。定年後もたいていの人が次の仕事を求めて働き続けている。

「病気をしたらおしまいネ」そんな合言葉を口にして。

いつであったか。東京・大島航路の汽船から、からだをしばり合って投身自殺した老姉妹の死体が、どことかへ流れついた、という記事を新聞で読んだ。

あの航路は私も何べんか往き来している。真夜中、真黒くうねる海の、船腹のあたりだけわずかに明るい青を透かせて白波をたてている。おそろしく深いものの中へおどり込む、あたたかく重いふたりの年月。残された障害は船の手すりだけ、という場所まで追いつめていったもの。

そのときは、そこまでしか想像しなかった。何年もたって思い返す。あの姉妹は職業婦人ではなかったろう。たぶんそうではなかったろう。

だが別のことが気になる。飛び込むとき、最後にふたりはどうしたろう。何と言ったろう。

泣いたろう、というのが、はじめから疑いもしない情況設定だった。いまの私はなんとなく、声にも形にもなりえないような笑いを、ふたりは笑ったのではないか、と思っている。

こしかた・ゆくすえ

なにごとも修練だろう、と思う。休むことさえも。手ばなしに休むのは最初のうちで、人は動き出し、考えだし、なんとかしよう、なんとかならないか、と工夫をしだすに違いない。それは休みではない。といわれるだろうか。そうかも知れない。だけど、寝ている間も心臓が止まるわけには行かないように、生きている限り、動いてやまないものが、たった一個の肉体のどこに住んでいるかわからない、心というものの上にも作用するだろう。

私は昭和九年に銀行の事務見習に採用されてから、ずっと現在までひとつ所で働いているけれど、このごろ楽になったなあ、と思うことのひとつが土曜休暇である。休みが半日、まるまるふえた、というわけではない。二カ月で三日、その分わりふり平日時間延長。職場内では交替制をとること。窓口は今まで通り開けて営業を続けている。完全週休二日への過渡的な措置に違いない。

戦後、進駐米軍の事務所が土、日とも休みだと聞いたときは、別世界のことと目にうつり、うらやむゆとりも生じなかった。最近やっとそれに労働条件が近づいたとしたら、まず三十年は遅刻と見ていいのだろう。何と律義に、よく働いたものである。

その習性の切り替えがいっぺんに行われないで、半端な形で移行しているのは、経営者の都合でもあり、潜水夫の浮上に似て、被使用者側、仮にも私ひとりの心の気圧の変化に対応するには、二ヵ月三日位からはじめるのが適当かもわからない。

かなしいかな……これは詠嘆である。土曜休日など期待もしなかった日。その午後、私は糸の切れた凧のように、閑散とした丸の内を、ぼんやり歩いていたものである。晴れた日のゆうぐれ、すれ違う人もまれなビル街を、あてもなくゆくとき。私はなにをたよりに長い月日働き、いまここへさまよい出たのであろう。これからどこへ行こうとしているのだろう、と自分に問うた。思えばこの空白こそ休み、というものだろう。

その休みをどうするかは時間、時間はいのちの問題となる。

休みを欲しがらなかった日。自分のいのちはどのようにして、誰にささげられてきたことだろう。一億一心、ふるい言葉が目にちらつく。

封建制度などはとっくに滅びたはずなのに、子孫の我ら。よく見るとみな忠義の袴をはき、刀にかわるそろばんが利鞘にはまって、腰の辺でパチパチ鳴っていたりした。それさえ、大という名のつく企業、城下だけの風習であるなら、歴史は別の維新へと向かうだろう。

私が給仕をしていたころ、二歳下の弟は奉公に出された。勤め人よりは独立した商人に、という親の方針で。そんな古風な考え方はよして、と反対するほど私たち姉弟、この学歴・経済社会を知ってはいなかった。

休日は年に二回。はじめてお盆の藪入りに、これは仕来りですから、と主人が、筒袖の木綿の単衣（ひとえ）と角帯一本持たせて、弟を家に帰してよこした。その衣服の軽いひとかさねが、私の記憶のおくに、いまもせつなく畳まれている。

銀行にはいった私には初年十四日の休暇があったけれど。それとて病気で起きられない場合、二日も取っただけで残り全部返上したろうか。少し工合の悪いとき「起きられるなら行きなさい」と、私をたいそうかわいがっていた祖父は叱咤したものである。

完全週休二日になるころ、私にも定年がおとずれるだろう。あとの長い休日が有給でないのは残念である。

定年退職者が、より低い労働条件につく、というのが一般的コースである。

II

ひとりで暮らす

呑川のほとり

あと五、六年もすれば会社をやめなければならない、という年の暮れ。そこに建つはずのアパートの絵図をたよりに、夕暮れの建築現場を見に行った。風のつめたい日で、ついてきた下の弟が「お姉ちゃん、さびしい所だね」といった。そこには細い鉄骨が、四階ぐらい迄の骨組みを見せていて、私が入るとすればあそこ、と思われる辺りは、出来上がっても十坪ほどの一DK。それが上下四方透けていた。

大田区南雪谷（ゆきがや）二丁目、退職金で完済できるかどうかの瀬戸際にたつはずのスミカであり、楢山へゆくおりんばあさんを思えば、町名の雪谷はりんがたどりつくに恰好の場所かも知れなかった。現在、あの透けていた中間に私の生活は嵌め込まれている。

アパートの横を流れる川を呑川（のみがわ）といい、引越して来た当初はよく氾濫した。その水位のあがりさがりを、夜通しといっては嘘になるが、三階の窓から目をこらして見ていたこともある。治水工事がどうやら完了したのはついこの間のこと。川幅を少しひろげ、川底までもコンクリートで固められると、この春、水の満干で、干の部分にぺったり桜の花びらが張りついていたりした。戦前はこの辺り桜並木の堤であった、と人はいうけれど、今その面影はない。花びらはどこから来たのか。

川をはさんで東雪谷、南雪谷に別れる。川を左手に見て、私の部屋からちょうど同じ高さに、池上線の電車が土手の上を走っている。人間の頭数が、混んでいなければ数えられる近さである。それが私の窓と平行線に右へ、左へと行き違う。電車の音がうるさいでしょう、と聞かれるけれど、どういたしまして、ほどよい間隔をおいて、大勢の人の気配を感じるのは、私にとって貴重な賑いといえる。

明け方から夜中の一時近くまで、定規で貸借対照表に罫を引くように電車が走る。年に一度、大晦日の晩は「合計」とでもいうように徹夜で走り続ける。その合計の線が、もう六本になった。

試みに大田区史をパラパラと見ていたら、明治八年ごろの雪ヶ谷村は戸数一一五。人口六七八、とある。わがアパートの世帯数だけで九五。人口の過密が平面をはみ出して十六階まで伸びたのか、逆立ちしたのか。きのう隣の奥さんが私にささやいた。「玄関で見ちゃったんです、寝台車から降ろされた担架を。どうしてあんなにがんじがらめにくくりつけてあるんだろう、と思いましたら、お亡くなりになった方だったんですねえ、エレベーターに乗せるために……」私は了解し、田村隆一さんの詩「立棺」を思い出した。

シジミ

買ってきたシジミを一晩水につけて置く。夜中に起きたらみんな口をあけて生きていた。あしたはそれらをすっかり食べてしまう。その私もシジミと同じ口をあけて寝るばかりの夜であることを、詩に書いたことがあります。

一人暮らしには五十円も買うと、一回では食べきれないシジミ。長く生かしてあげたいなどと甘い気持ちで二日おき、三日たつ間に、シジミは元気をなくし、ひとつ、またひとつ、パカッパカッと口をあけて死んでゆきました。

どっちみち死ぬ運命にあるのだから、シジミにとっては同じだろう、と思いましたが、ある日、やっぱりムダ死にさせてはいけないと身勝手に決めました。シジミをナベに入れるとき語りかけます。「あのね、私といっしょに、もう少し遠くまで行きましょう」

シジミ

夜中に目をさました。
ゆうべ買ったシジミたちが
台所のすみで
口をあけて生きていた。

「夜が明けたら
ドレモコレモ
ミンナクッテヤル」

鬼ババの笑いを
私は笑った。
それから先は
うっすら口をあけて
寝るよりほかに私の夜はなかった。

春の日に

引越してきたアパートの三階の窓から川が見える。その向こうの道にリヤカーをとめて屑屋さんが荷おろしをしていた。新聞がだいぶたまっている。ゴミ集積所へ捨てておけば済むのに、私は物惜しみした。雨に打たせたくないし、第一とっておけばチリ紙交換できるかも知れない。と思うまに私の背丈ほどになり、処分に困っていた。

川向こうまで行くのは少し手間がかかる。沸かしかけの湯をとめ、部屋に鍵をかけ、階段をかけおり、橋を渡って飛んで行った。古新聞を引き取るか、屑屋さんに聞くため。

前に立ったのに、遠くにいるような気がするちいさい老人が、陽焼けした顔をしわの中にたたみ込んでいた。「ええ、それはもう」と言い「で、新聞はどこにあるのですか」と聞く。あそこ、と指さし、来てもらうのも気の毒なので「運んできましょう」といった。それからがひと仕事だった。四、五回に分けてリヤカーの所まで抱えて届けた。その間、おじいさんだけど商売だから、お金をよこすと言うだろう、と考えた。言わないかな、と考えた。もし言うならば……。

私は「あと一回で全部です」と断わった。払う気があるならおよその心づもりをしておくだろう。最後に「はいおしまいです」といったら「いくらでもないんですよ」という。「そうでしょうね」と答える。「ほんとうにいくらでもないんですよ」少しガッカリした。私も意地悪い、三度同じ言葉を聞いてから「十円か二十円なのでしょう?」「ええ、まあ」「いいわ、上げますから」というとはじめて笑い、礼を言った。

その礼を受け取りかねた。下手な商いだ。二十円なら二十円と言ってみたらいい。なぜタダなら有難いのだろう? タダ以前の用心深さ。

そんなことを言って。二十円と言ったらお前どうした、受けとったろう? こんどは自分への質問。たぶん、ね。

古新聞のネウチをはさんで、お互い、貧しい心の取り引きをした。

電車の音

私が住んでいるアパートの三階と平行の高さで、少しはなれた土手の上を、私鉄の電車が横一文字に走っている。乗っている客の多少が、だいたい見当のつく距離である。その音がうるさいでしょう、と、知る人は同情してくれる。ちょうどいいの、と答える。

朝から晩まで、大ぜいの人の気配がゴーッという音といっしょに通りすぎる。右から左から。時には窓の向こう正面で三輛連結の電車が、すれ違ったりする。

ひとり暮しの私には、それがにぎわいになっている。徹夜した時など一番電車の近づいてくる音に、そっとベランダに出て見る。お客さんの影がひとつもなかったりすると、ご苦労さまです、と言いたくなる。

住民との公約がここでは確実にまもられている、と感心する。

夜中の三時ごろ、聞きなれない音がするな、と思ってのぞくと、船のようなシルエットをみせて工事用の車がコトコト走っていたりする。ああ人が乗っている、働いているんだ、と思う。

ストライキがあれば、ラジオのニュースより具体的に、突入と解除がわかる。

何よりうれしいのは大晦日だ。夜通し電車が通っているので、時々立って行ってお客のちいさい頭数をかぞえることもある。

私はさびしがりやだ。子供のとき、家の囲炉裏ばたでみんながにぎやかに語り合っているうち、自分だけ先に寝てしまうことをたくらんだ。祖父の膝枕でねむってしまうと、暗い寝床にそのまま運んでもらえた。

そのことを思い出す。電車が動いているのをガラス戸越しに感じながら、今年の元旦も明け方に寝た。安心して。

器　量

だまって、紙幣と空色の皿を差し出すと、店員さんが「一枚でよろしいのですね」と念を押しました。「はい」

これはつい先日の買物。出窓にくる雀の餌入れにするのだから、十羽来ようと盛り合わせよ。私は包まれてくる間、口の中でつぶやきました。

人間用の食器を買う場合も、五枚そろえて、などということはあまりありません。狭いアパートでは置く場所も乏しいし、使い道も限られているひとり暮しなので、皿小鉢はハンパものばかり。その色や形で欲しい数も違ってきますから、文字通りのお勝手、です。

それでも、ひとつと思うところをふたつ買うときには、誰か来たらなどと、心のどこかで思っている。その器はまだからっぽなのに、期待というものがすでに盛られているのを感じます。

デパートなどで、瀬戸物売場をのぞくのは、わりあい好きです。実用品で、値ごろの品も並んでいて。美しいから?

それとも、素材が土で、焼かれて出来た品は、焼かれて土になる人間とは逆コースながら、肌身に近い関係があるから?

器量とは、人間の徳分とか、みめかたちについて言われる言葉とわかっていても、それを表現するのに器と量を持ってきているのは面白いなあ、と抱えたどんぶりをつくづくながめていたりします。

花嫁

私がいつもゆく公衆浴場は、湯の出るカランが十六しかない。そのうちのひとつぐらいはよくこわれているような、小ぶりで貧弱なお風呂だ。

その晩もおそく、流し場の下手で中腰になってからだを洗っていると、見かけたことのない女性がそっと身を寄せてきて「すみませんけど」という。手をとめてそちらを向くと「これで私の衿を剃って下さい」と、持っていた軽便カミソリを祈るように差し出した。剃って上げたいが、カミソリという物を使ったことがないと断ると「いいんです、ただスッとやってくれれば」「大丈夫かしら」「ええ、簡単でいいんです」と言う。

ためらっている私にカミソリを握らせたのは次のひとことだった。「明日、私はオヨメに行くんです」私は二度びっくりしてしまった。知らない人に衿を剃ってくれ、と頼むのが唐突なら、そんな大事を人に言うことにも驚かされた。でも少しも図々しさを感じさせないしおらしさが細身のからだに精一杯あふれていた。私は笑って彼女の背にまわると、左手で髪の毛をよけ、慣れない手つきでその衿足にカミソリの刃を当てた。明日嫁入るという日、美容院へも行かずに済ます、ゆたかでない人間の喜びのゆたかさが湯気の中で、むこう向きにうなじをたれている、と思った。

剃られながら、私より年若い彼女は、自分が病気をしたこと、三十歳をすぎて、親類の娘たちより婚期がおくれてしまったこと、今度縁あって神奈川県の農家へ行く、というようなことを話してくれた。私は想像した、彼女は東京で一人住いなんだナ、つい昨日くらいまで働いていたのかも知れない。そしてお嫁にゆく、そのうれしさと不安のようなものを今夜分けあう相手がいないのだ、それで——。私はお礼を言いたいような気持ちでお祝いをのべ、名も聞かずハダカで別れた。

あれから幾月たったろう。初々しい花嫁さんの衿足を、私の指がときどき思い出す、彼女いま、しあわせかしらん?

通じない

私は電話で長話をする。以前家族の者と暮していたころは、よく叱られた。「だって、むこうの話が終わらないんですもの」と言いわけすると、「聞いていればわかる。引き伸ばしているのは自分のくせに」と。相撲の行司のように、見えない相手方に軍配を上げられ、私はバツの悪い顔で、よく引きさがった。

ひとり住まいになって、誰からも文句を言われるおそれはなくなったものの、都合のよいことばかりはない。電話のベルは突然鳴る。代わりに受話器をとってくれる人がいないから、なにをしていてもかけつけることになる。

自分に呼びかけられる声、というものを、どうして無駄にできよう。湯舟につかっていてもガバと立ちあがり、時には洗いかけの髪からシャンプーの泡を落しながら、そこらじゅう濡らして「イシガキです」と答える。

夜ふけ、話しこんでいるまに昼の疲れがでて、板の間に横になってお喋り（しゃべ）りを続けたりする。それでもやめられない。電話が好きなのである。

東京都内の電話料金が改定され、制約規定のなかった一回の時間が三分きざみになったときは、ずいぶんひどい値上げだ、節約しなければなるまい、と思った。

出先で公衆電話をかけると、今まで十円で済んだのが、あとに待つ人さえなければ三十円、四十円になった。でも……お金にかえられないたのしみだワ、安いほうよ。ひと月もしたら長話のタガもゆるんだ。

改定後、電話の作法は少し変わり、かかってきた電話を、話が終わりしだい、こちらから先に切っても失礼にならない気がする。

めったにかけない人に、きのう電話をしたら、きょう答礼のような電話が来たりする。長くなってごめんなさい、という挨拶は、かけられた側の言葉で、時間に対してより、支払金額へのいたわりである。気にしていないようでも、この制度は皆の感性に電気仕掛をした、ピリピリ。

逆に、料金を払いさえすれば自分のものだ、という感じ方も値段とともに上昇する。公共という意識はうすらぐ。

急ぎの用でお茶の水駅から私に電話したら話中で、仕方なく電車に乗り、三十分たって降りた駅でかけたら、まだ話中なのであきらめた、と翌日告げられたときは後の祭であった。

あの細いコード一本を信じきって、気持を通じさせたつもりでいると、とんでもないこともおこった。

心臓の工合が悪くて早寝していた知人を、私が電話で起こしてしまい、向こうの状況が見えないまま長い報告をした。その晩、心筋梗塞の発作をおこし、あやうく助かったという。

やたらにかけていた電話に対して、このところ消極的になっている。そのせいか、ベルの鳴るのが減った。外で虫ばかり鳴いている。

女の手仕事

連想ゲームではないけれど、「手仕事」と自分に出題してみた。「ツギ」ぱっと答えが出て、その答えが私自身にも意外であった。頭で考える余地を飛越して、手が一呼吸早く音をあげた感じ。

たしかに、私たち同年配、戦中戦後に若い日を送った女性は、そのころ、実によくツギハギをした。靴下のツギ、下着のツギ、洋服のツギ。

いちにちの仕事が終わると、夜の仕事がほころびてしまったほど、しなければならない繕い物が待ちうけ、穴をあけて女を糸のようにさそい込んだ。

そのことをすっかり忘れていた。手仕事とは、手料理であり、新しい材料に不自由しない裁縫であり、刺繡、編物、と、せいぜいそんなことしか考えつかなかった。

この間テレビで、主婦と男女平等について話し合いがあったとき、男性出席者から「近ごろ女の手仕事が減った」といわれたけれど、それは良いものが失われたことへの愛惜だったはずで、私もそのように受け取った。

あとで、ああ手が覚えていたのは、もっと張り合いのない、しないで済むならどんなに助かるだろう、と思われる仕事のほうだった、と振り返った。

あのころ、年が変わるごとに繰り返されていた洗い張り、着物の縫い直し、ふとんの打ち直しなどする生活条件は、根こそぎなくなっていて、わずかに手もとに残ったツギハギ仕事と一緒に押し寄せたのが、食糧難による買い出しや、料理以前の工夫、具の少ない雑炊の量をどうやって増やすか、といったことだったのを。

食べて、生きてゆくのが精いっぱいの戦中から、戦後もしばらくは一歩、二歩のところにいたのを思い出す。

アメリカの家庭には電気洗濯機があるんですって。それは当時夢のような話で、そんな重宝なものが戦勝国にはあるのか、と私たちはうらやんだ。そのうらやむ心に狙いをつけて、たちまち日本中にゆき渡るのは、経済成長の伸びと足並みをそろえてのことだった。最近では「洗濯機の全自動といったって、干してくれないからだめだ」などと、笑って苦情をいう人まであらわれた。

自動炊飯器、インスタント食品、みんな便利この上ない。便利なものが出そろって、はじめて、不便な必需品、というものもあるらしいことに気付きはじめている。それはいったい何と何だろう。

一度手放した手仕事は休耕田と同じで、はげた田んぼのように、もとへ戻しにくい事情にある。

私はいまもタライで手洗いしているけれど、これは仕方なくそうしているのにすぎない。けれど自分の汚れぐらい、手を濡らして洗い落すのも悪くない、と思うことがある。もんだりこすったりして目で確かめ、やれやれとすすぎ水に布を放す。そのなんというか、いったん絞られた布がほぐれてゆくころあい。そこにはせいせいと布がたのしんでいるような感じがあって、ちょっと遊ぶといいわ、などと語りかけ、自分もひと休みしたりする。手仕事をしていると、物との間にちいさな言葉が生まれるし、わりあい考え事もしている。けれど洗濯機のない貧しさは、一面そんなことをしていられる時間のぜいたくさでもあって、家族が何人もいたら、とても出来ない芸当に違いない。そんなことはさっさと片付け、一人暮しならなおさら、もっと時間を有効に使わなければいけない。と、けしかけるものの声がする。聞こえても、聞こえなくても、心は追われている。

人が手を使うことより、頭を使うほうがずっと有効だ、というのは、そのほうが高級で、それは高給に通じるからトクなのだ、という世間の風潮、その底からの呼び声である。

男女差があり、身分差があり、からだの中にも階級があり、ということかもしれない。手仕事がお金になるか、社会で認められるかしない限り、もう女性をひきとめはしないだろう、と考えてしまう。国の方針は軍国乙女を育て、こんどは経済人間につくり変えた、ということなのだろうか。

目に見えて女の手仕事が減ったときは、とっくに男の仕事も減っていて、良い職人さんがなかなか見つからない世の中に変わってしまっていた。そのときは子供の鉛筆削りという手仕事まで、なにものかが取り上げて行ったあとだった。

女の手仕事が減ったことは、大きな波が最後に砕け散るほどの現象で、なぎさを歩く人の目につく。

この辺で新しく手仕事を考えるところへ来ているのかも知れない。手が働く、それは頭だけに先行させせないハタラキとして。これは、というより、これも、女だけの問題だろうか。

つき合いの芽

二年半前に引越してきたアパートのことを、マンションと言われると気持の頬っぺたが赤くなってしまう。よそさまの床面積は知らず、私のところはいまでいう一DK、その中身ときたら「お宅は紙ばかりだから、これを備えて下さい。お金はあとでいいです」と消火器一本、管理人がいやおうなしに置いて行ってしまった。

十六階建九十五世帯、少し離れたところから眺めると、つくづく、長屋だなあと思う。むかしの長屋は横にひと並べだった。屋根はひとつでも、空と地面は各戸についていた。新コンクリート長屋は、住んでみると床下からかすかに湧き上がる音楽、屋根上の領域から、子供のらしい足音がトンと響いたりする。

この間は天井板の間から、あちらこちらざんざと水が落ちてきた。折悪しく土曜の夜でどこにも連絡がつかず、二日二晩、私は十個の器の水番をさせられた。この局地豪雨？は水道管の責任であるらしく、上の住人からはひとことの挨拶もなかった。

そんな事故を別にすれば、申し分なく便利に出来ている。「たとえばネ」それがどのように工夫されているか、友だちに説明するとき、私のいる三階は八世帯一列に並んでいるけれど、両隣以外の家へ行こうとすれば、階段を上り下りしなければならない。専用廊下が三つに別れているのだと、不動産会社の宣伝係のような話をしてしまう。しているうちにハッと気がついた。隣近所の数の少ないのを、住みよい条件のひとつにあげていることに。

では両隣とも完全に遮断されたら、もっといい住居ということになるだろうか？　そうです、と答える資格は私にない。なぜなら、こちらがつき合う割合より、つき合ってもらっている割合、その心くばりのほうが、ずっと多いと思っている。

昼そとで働いて、夜も少々ふけたころ、ねぐらに帰ってくるだけ。たまにデパートから品物が届いたりすれば、やっかいをかけるのは隣のどちらかになってしまう。そんな私とつき合わされるのは迷惑だろうか？

玄関にあたる一枚の鉄扉は、廊下に向かってちいさな要塞のように堅くとざされ、銃眼ならぬ、マジックアイひとつ、敵状を視察する仕掛けになっている。裏側のベランダは隣との区画が仕切り一枚で、やや軍備に手抜きがあり、絶壁に身を乗り出しさえすれば、相手方の庭兼物干場を拝見できる模様になっている。日曜日はここが井戸端会議ならぬコミュニケーションの場となる。三者たがいにのぞき合って話をかわす。

　ことしの元日、昼の日中に買物かごをさげ、階下の郵便函まで賀状を取りに部屋を出たら、盛装した隣の奥さんとパッタリ顔が合った。「おひとりでは、なにもなさらないんでしょう?」私はその言葉に遠慮の垣がとれているのがうれしく、「ええ、この通り」と大晦日と同じ自分の服装に奥さんといっしょの目を落して笑った。しばらくすると、おせち料理一折が隣から届けられた。「新年おめでとうございます」と、わが身を祝ってやった。けれどまだ隣家を訪問したことはない。この建物の中で、私がはいったことのあるのは不幸のあった七階の一家と、管理人室だけである。

　その狭い生活圏のなかに、先夜、突然電話がかかってきた。電話はいつだって突然鳴る。鳴っても、あらかじめ、かけてくる相手に心当りがあるから、突然ともなんとも感じないだけである。

　電話というのは一直線すぎる。距離も時間も飛び越えすぎる。そんなに簡単に、遠いはずの人と人を直結していいのか、とききたくなるくらいである。

「あのう」その声は電話線のなかを手さぐりで這うように、たずねかけてきた。

「石垣さんですか? 以前、赤坂新町に住んでいたことのある、あの、りんさんですか?」

「はい」

「私、サカキセツコです。ご存知ですか?」まあセッチャン。あなたは赤ちゃんだったのよ。忘れるものですか。だけどセッチャンが私を覚えているわけがない。この電話はどこから？　で、お父さんは？　お母さんは？

不思議なことであった。色白の、下ぶくれのあどけない赤ん坊が、歳月の向こうから語りかけてきたのである。

終戦の年の五月。東京空襲で焼け出された隣り組八軒は別れ別れになった。私がそこで生まれ、二十四歳まで明け暮れたくらしの根は、一晩で断たれたのである。

若い洋服屋さんだった榊氏は、赤坂で新世帯を持ち、子をもうけた。そのひとりが節子さんだった。

「父も母も、ずっと鹿児島におります」ということは終戦時以来ということになる。

「父は目が見えなくなりました。いつだったか、おりんちゃんのテレビ見て、いえ、見えないんですけど聞こえますから。ちっとも変らない声だったって、言ってきました」

めったに出ることもないテレビなのに、そんな機会をつかんでいたのか。

父は、路地の奥に二棟の長屋を持っていた。その二階家の一軒に、榊さん一家は住み、私の家の二階とはのぞき合える近さで、私が机に向かえば、窓の斜めむこうで榊さんの小父さんも洋服の仕立に精出していた。「ゆうべもおそかったですなあ」とよく声をかけてくれた。その榊さんが罹災後、先に妻子を疎開させていた郷里に引き揚げてゆくとき、いまさら帰るのはつらい、と涙をこぼしたときく。そのつらさが目を見えなくした、などということはないのであろうか。戦争の古い涙が。

埼玉県越ケ谷にいて、いまこの電話をかけています、といって節子さんからの電話は切れた。

それはあまりに遠すぎる話だろうか。親たちの古い近所づき合いが、地下茎のように年月の下を這っていて、ある晩、ふいに芽を吹いたのである。節ちゃんも三十歳を越したろう。

彼岸

あしたは十八日、カレンダーには「彼岸入り」と印刷されていました。活字は鮮明ですが、行事としては薄れ加減に見えます。

昭和のはじめごろ、私は東京の港区に住んでいましたが、お彼岸には家でこしらえたオハギなどを重箱に詰め、近所に配るといった風習がありました。子供はよくそのお使いにやらされたものです。

からになった容器には、返礼のしるしにマッチとか、半紙などが入れられ、またもと通りの風呂敷包みになって渡されます。その間の待ち時間、使者に立った玄関先での手持ちぶさたな何分間かの感じを、ありありと思い出します。

届けた先からは翌日、五目めしなどが到来して、その日の夕食の膳にとり分けられていました。これはどちらが先というのでもなく、あちこちの家の味が適宜に交流しました。

労力がお金に換算されることの少なかった時代の話、とでもいったらいいのでしょうか。

その良し悪しは別として、そんな近所づきあいはまっぴら、食べたいものは自分が要るだけつくるか、さらには買ったほうがずっと簡単。と変るまでに、そうたくさんの年月を必要としませんでした。

彼岸の入りから明けるまで、殺生を禁じられ、魚も鶏も食べさせてもらえなかったなあ、と思いながら、このごろの私はジュウジュウ肉を焼いたりしています。

せっかく古いしきたりから遠去かったのに、年齢的にはあちら岸へ近づきつつあるというのは皮肉な話です。

それにしても現世を此岸（しがん）と呼び、あの世を彼岸と設定したイメージつくりの見事さ。生きてたどり着くことのむつかしい彼岸がヒガンなら、悲願もヒガンか、とつぶやきながら、隣は何をする人ぞ。もしこちらから食物を配ったら、毒入りと疑われてもしかたない世情一般をわきまえるしかありません。

わが家族の生き残り三人、墓に八人。アパートに一人住んで、私は市販のオハギをにぎやかな向こう岸の人にそなえることにいたします。

コイン・ランドリー

この辺、さびしい町並です。私鉄の駅に近く、ダラダラ坂の片側は土手、道をはさんで住宅と数少ない商店が軒を連ね、夜がふけると街灯だけが、犬ならもう少しつつましいと思われる液体を、長々と照し出していたりします。

そんな中で最近かなりおそくまでパッと明るいオレンジ色の看板が目立つのは、コイン・ランドリーです。俳句の歳時記に登場するときは、四季のうちのどの部分にはいる言葉なのでしょう。

小振りの電機商が店をたたんだあとに、きれいな洗濯場が店開きしました。電機器具の売れ行きが頭打ちしたことを端的に物語るようだ、といっては近視眼すぎるといわれるでしょうか。

全自動洗濯機六台、乾燥機二台、ソファ一、折たたみ椅子が何脚か。手洗所あり、その外にカラーテレビ一台、電話機一台、電話台の下には部厚いマンガ本が一山、ざっとそれだけの設備です。店員はゼロ。コイン百円玉と五十円玉で二・五キロの洗濯物が三十分と少しで完了。あとは百円で乾燥まで十五分、という順序になっています。

下着類を他人の面前で洗う、これはお互さま。住宅事情の貧困から生まれた新商売といえそうです。ソファにはスマートな若者が長いズボンの足を組んでマンガを読んだり、赤ちゃんをおぶった女性が立ったままテレビを見たりしています。かと思うと、店にはだれもいないのに、乾燥機ののぞき窓の奥で、白い衣類がぐるりぐるりと踊っていることもあります。

自分の汚れを目の前にした者のいくらかのテレが無言を強いるのでしょうか、見かけたところ客同士おしゃべりをしている様子もありません。昔の井戸端会議の健康とはもうひとつ味の違うムードです。

コイン・ランドリーの恋、なんて歌謡曲が出てこないかなあ、春らしいのに、などと考えるのは、パンダの恋に気をもむのと同じで、端からどうしようもないことなのでしょう。

ぜいたくの重み

一昔前に用いられていた台秤。あれは物の重さをはかるとき、物に見合う分銅を一方に置いて、目盛りを合わせました。

もし仮に、ぜいたくという言葉の重さをはかろうとしたら、やはりこの古めかしい台秤でないと具合が悪い。どんなに精密でも電子計算秤では、言葉の重さは量れない、ということがあります。なぜなら、も一つ別のものを対置することではじめて均衡が得られる。重さの見当がつく。そういう性質のモノ、ではないかと思うからです。

それで私自身、暮しの中でこれはぜいたくだ、と感じたり、口に出したりするひとつひとつを秤にかけてみました。するとどういうわけか、ぜいたくに見合う重さの分銅は、貧しさの重さにおいて釣り合ってしまうのに気がつきました。

これはオカシイ、そう疑ってあらためて辞書をひいて見ると、

ぜいたく「贅沢」①無益のおごり。身分に過ぎたおごり。②必要以上のものを買うこと。③ひどく高価なこと。

とあり、私の使うぜいたくという言葉と、本来の語意との間に行き違いがあるのに気がつきました。

②と③によれば、とにかくお金を使わないことにはぜいたくがなり立たない。①も金銭や物質のおごり、とは書いてないけれど、心のおごりというようなものではないらしい。すると、些細なことにぜいたくを味わってきた私は、ホンモノの味を知らないということになります。

たとえば、戦後の借家住いからひとりアパートへ移り、浴槽に湯を張ったときなど、まだ公衆浴場へ通っている親兄弟に対して、ひどく申し訳ない気がして、しばらくは入浴の度に「すみません」とつぶやいていたものでした。そのときは自分だけがぜいたくをしている、としか思われなかったのです。けれど世間一般からいえば、一軒の家に風呂場があるくらいは当然で、むしろ無い家が粗末すぎるだけの話かも知れません。

でも、ごくつましい暮しの中で、ぜいたく、という言葉の使用法を私のように取り違えている人は、周囲を見まわしただけでも、かなりいるように思われます。

さらに負け惜しみかもわかりませんが、どんな大金をそそいでぜいたくをしてみたところで、何がしかの貧しさを対置させることで、その重さを量れる、ということはないのでしょうか。

水はもどらないから

近年ひとり暮しを始めて以来、人とのつきあいがめっきり減ってしまいました。同年輩の家庭を持った友人の中には「わずらわしくなくていいわねえ」と、うらやむ人もいます。早ければ孫の一人や二人はいて当然の年齢です。「風邪でもひいてごらんなさい、水一杯飲ませてはもらえないんだから」というのですが、これは自業自得。これだけの話から引き出せることといえば、人づきあいはわずらわしさの多いもの。そのわずらわしさをさけて暮せば不便なもの、というところでしょうか。では時々わずらわしく、時々便利になればいいようなものの、その手の品はぐっとお高くついてとても手に入らないというのが現況です。

ひとりとはいえ上下左右、人の暮しにギッシリ取り囲まれたアパート生活。直接人間に向き合うこと少なく、間接人間とのつきあいの多い毎日です。それはいったいどういうことかといいますと、お元気ですか、とたずねても一週間先に元気ですよ、と返ってくる(手紙)。アナタどうする、と問い合せると、イイワヨとすぐ答えても実体は百キロ向う

（電話）。行商人はすぐ目の前で扉をにらんでいても、当方の姿はその前からかくされていて、結構ですなどと答える（インタホン）。

そうしたニンゲンのカンケイ。また、直接に面と向っていても名前は知りませんといったようなカンケイ。これを人づきあいという言葉の中にまぜてよいかどうかわかりませんが、私の一日に立ち現れる人影がほとんどこの種族であるとしたら、そのつきあい方について多少の気くばりが入り用になってまいります。けれどこうすれば良いという法は、まだひとつも決っておりません。私の住居は一DK、三階。南東に向いた窓がひとつ、——老嬢（籠城）のあるじ独白。

家という名称が、このごろ城などと呼ばれるのにそれなりの理由があって。かつて朝がくれば玄関の錠をはずし、老人は公道のはしにせっせとホウキ目をたてていたりしましたが。鉄とコンクリートで固めた四角い箱を、十何階といった高所などに載せて、ちいさいドアには銃眼ならぬマジック・アイなどはめ込み外敵を窺うとあれば、壁が厚すぎて旧来の家ということばが使いにくくなっても仕方ありません。

けれど城の堅固さはどうかといえば、木と竹と紙の家より安全とはいい難く、ひとつだれかが注意を怠れば防ぎようのない災害が発生します。私の部屋にしろ、時ならぬ滝が一度ならず、天井からザーッと落ちてくるという構造上の自然があって、そんなとき怒鳴り込んだりはしない、出来ない、というのが人づきあいの大切さかもわからないのです。

愛車

車というのは、あんなに可愛いものかなあ、と思う。髪はすでにロマンスグレー、細身中背の紳士が休日の今日も昼前から、せっせとマイカーの手入れにいそしんでいる。ひょっとすると平日にも余念がない。会社ではよほど結構な役どころと見受けられる。

私の部屋の窓から真下に見渡せる駐車場があって、四十台あまりの車が通路をはさんで向き合っている。昼は全車両の半分ぐらいが、白線で仕切られたそれぞれの区画内にじっとしている。土曜日の晩、または連休となると大方が出払ってしまう。夜更けにのぞくと取り残された何台かが目立つ。

車に興味のない私には、車種も価格もわからない。形の大小、色、新旧の差ぐらいがやっと。それぞれのオーナーたちへの関心もあまりない。ただ家の掃除はまだまだコケンに係わるらしい日本の男達が、車だけはよく磨くと思う。中でも熱心なのが、最初にのべたロマンスグレー氏である。

駐車場は脇に建つ高層マンションのものだけれど、紳士が何階の住人であるか全く不明。

降りて来たな、という感じで車のそばに行く。トランクを開け用具を取り出すと、おもむろに手袋をはめて車の手入れにかかる。見ていても身がはいりそうなほど、丹念な仕事をする。

釣りをする人の横で、同じ時間ながめている人の笑い話はあるけれど、掃除する人を窓越しにチラと見ては、なるほど「愛車」とはよく言ったものだ、と感心している私はいったい何なのでしょう。あんなに大事にされたら、と溜息をつく。羨しいかと聞かれたら、いやだ、と答えよう。でもあの人の奥さん、やきもちを焼かないかしら、と余計な心配もする。手入れを終えるとグレー氏は運転席に座り、たいてい静かに静かに発車して行く。そう長い間の散歩はしない。早々にもとの位置に着いてカバーがかぶせられる。外の車は走るためにあるらしいが、この一台はそういう実用を少し離れた存在である。

ある朝、見なれたベージュの車が出て行ったと思うと、午後同じ場所に前の車より一まわり大きく、さらに美しいシルバーの車が止まっていて、グレー氏は黒いふさふさの羽根ぼうきを手に車の天井をなでていた。どうせ手離すのならあれほど手入れしないでもよかったろうにと、私は今までの労力を惜しんだけれど、別れの日まで愛撫を怠らず、彼はさっさと新車に替えてしまった。なぜか私は、男だなあと思い、しかし車は人間ではない、女でもない、とつぶやいてしまった。けれどグレー氏がいたわっているのは、車でもないような気がしてならない。

庭

私の家に庭はない、私の窓から庭が見える。そうつぶやいて、ハテ、聞いたような、と首をかしげる。考えていたら高村光太郎の詩、道程の最初の二行が思い浮かんだ。僕の前に道はない／僕の後ろに道は出来る――似ても似つかぬ、とはこのこと。

現在住んでいるアパートが出来上がったとき落成式があり、入居予定者が招かれた。その式で隣り合った若い夫婦は庭付きの二ＤＫ、私はその一階の庭を斜めに見下す三階の一部屋に引越して来て、以来九年。当方の人員は一名にして増減なし。夫婦の間には三人の子供が生まれた。長男は小学校に上がり、長女は長男が出たばかりの幼稚園に通っている。一番下の幼女は三歳に満たない。一家の賑いは庭の方にこぼれる。

そこは畳にして八畳ほどもあろうか。無造作に植えられた四、五本の木、八ツ手、もみじ、イボタノキなど気ままな伸び方をしていて、下はつわぶき、シャガ、ベゴニヤ外雑草。

おや、と思った。子供たちもあまり踏み込まない隅の木蔭で、さっきから何かが動いている。見るともなく目を落すと、傍にビニールの大袋を置いて、かがみ込んだ老人がせっせと草むしりをしている。そういえば朝方、私が階段を下りて行くと、遊んでいた下の子がかけてきて、いつものように胸を張って言ったものだ、「オバチャン、だっこして上げるヨ」。彼女は「だっこさせて上げる」という言い方をまだ知らない。私はいそいそと、その重たさに手をさしのべる。抱かれて頬を寄せた子が「あのネ、オジイチャンが来てる」

コンクリート箱製の孫の家に来た老人は、夏の日中、とても庭の手入れまでは行き届かない息子夫婦の手助けをはじめていたのだ。寸暇を惜しんで。

小半日もすると黒茶色の地面がところどころ顔を出して、ああさっぱりしました、という声が聞こえてきそうな庭の表情である。老人の持っている時間、売買の対象からはずされたそのゆたかな余剰。それを不必要なものにするか、若者や自然に手を貸す貴重な時間として生かすかで、私たちの暮しの周辺はずいぶん変ってくるのではないだろうか。

老人が手出しの出来る場所、たとえばあの庭のようなものが私たちの周囲に、どれだけの面積を持って残されているだろう。十六階建の切り立った側面にぎっしり並んだ窓を振り仰いで、もう一度つぶやいてしまった。私の前に庭がない……。

籠の鳥

隣のピロちゃんは、ずいぶん賢い。奥さんがベランダ越しに私に言うことには「迷子になった時かわいそうだから、うちのインコに住所姓名を教えたんですよ」。するとどうにか覚えて、大田区にはじまりカワダ・ピロまで、早口に言い終えるそうである。「これで、どこへ飛んで行ってもだれかが連れ戻してくれると思います。すっかりなついて、かわいいんです」

飼犬や飼猫に名前はつけられていたけれど、人間以外の生きものが姓を名乗り出したのはいつごろからだろう。以前、著名な女性評論家が一匹の猫を愛していて、その猫には評論家の姓と猫名による預金通帳までこしらえてあると聞き、当時銀行員であった私は少々驚いた。猫様宛に出すお取引先への挨拶状はどう書くべきか。

とにかく鳥獣にも姓が与えられたことは、人間に隷属していた今までの地位が向上し、家族の一員として待遇されるようになったのだから、結構なことに違いない。

私はひとり暮しだから、そんな養子でも居ればと思うものの、留守にした時の世話が出来ないから、窓に来るスズメにお近付き願うことにしている。ところが用心深くて一か月間に二キロのムキ餌をせっせとついばんで行くのに、九年経ってもいっこう慣れ親しんでくれない。それでも二十羽ほど集るスズメの中には、私が顔を出すとどこからともなく姿を見せ、ここにいますよ、と言わぬばかりに目の前をひとまわり飛んで、そのあと向いの部屋から餌を待つのもいる。私はそっちを向いてオイデオイデをすると、部屋の中に引っ込む。しばらくするとたちまち群れて、大層賑々しく、大皿の穀物を平らげてゆく。

スズメには名もなければ姓もない。籠に入れられ、人間に飼われれば姓名がさずけられる、楽に食える、とスズメ群にPRする方法はないものだろうか。籠の中こそアナタの生き甲斐！と。

そう言えば、最近、籠の鳥という言葉をあまり聞かなくなった。前にはサラリーマンが自由を奪われて働く、その生き方を自嘲して言ったものだったし、はたの者も少々の同情心から同じように使っていた。

このごろはホントの鳥が住む鳥籠も上等になったが、サラリーマンの籠も巨大になって、そこにこそ約束された将来も、生活の安定もあると、採用試験には若者が暁天をついて先陣を争ったりする。そうでもしないと、どれも似たり寄ったりの毛並で、企業への忠誠心の表しようがないのである。時代が下がっても、チャンスを握るため秀吉はやはり信長の草履を、胸に抱かねばならない。

現在の私は籠なし野鳥のたぐい。であれば、生活費の中からスズメの餌を買って来るのも、相身互いということかも知れない。

賢いのは隣のピロちゃん。

貼紙

最近、私の住んでいるアパートの管理人さんが交替すると、待っていたような感じで、玄関口の黒板に貼紙が出された。ひとつは〝鳩が住みついて困るから、鳥に餌を与えないで下さい〟。二、三日すると、もう一枚が追加になった。〝ベランダで洗濯をすると、泡が飛びますのでご遠慮下さい〟

私は一階の管理人室のブザーを押した。すみません、三〇七号室の石垣ですが、鳥に餌をやっている犯人の一人です。もうやりませんから、お申出のあった所へどうか伝えて下さい。ご迷惑をお詫びします、と。

それから泡の方ですが、一DKだけは、狭いから室内に洗濯機を置く場所がないので、そのためベランダに蛇口をつけてある、と入居当初に説明がありました。泡が飛ぶことはないように思うのですけれど、なおよく注意いたしますから、ご了承下さい。

管理人の奥さんは、はい、何しろ皆さん電話でいろいろ言ってこられますので。と、こちらも困ってどなた様ですか、と伺っても大ていは切っておしまいになりますので。と、もひとつ苦情を付け加えて笑った。十六階建九十五世帯の集合住宅。

引越して来て十年、雀に餌をやってきた。毎日二、三十羽の常連がついばみにくるが、人に慣れることはなかった。それが今年になってやっと一羽、私が顔を出すとベランダの手すりまで飛んできて、それから植木鉢に移り、床に下りる。ムキ餌をまくと目の前でつつき出す。そのころには後続の雀が遠まきに騒ぎはじめる。

可愛いけれど、一寸したお礼に糞を置いて行く。その中から思いがけない草の芽が出たりするが、あたりを汚してしまう。それが隣家に及ぶのを見て謝ると、いいんですよ、うちも鳥が好きですから。時には、ずいぶん慣れましたね、と感心してくれた。私は少し得意だったかも知れない。そこへキジ鳩が加わり、糞もお供え風に堂々としてきた。その矢先の貼紙である。

ご近所に迷惑をかけながらやめられなかった、いい気な自分が省みられた。さらに翌日、私はうしろめたいことをした。植木に水をやりに出ると、見張っていたようにいつもの一羽が飛んで来た。「ごめんなさい、もう上げられないのよ」。けれどつぶらな目でこちらを見ている。「ダメなの」と断っても通じない。「長い間どうも有難う」そう言いながらこっそりひとつまみの餌をまいてしまった。

雀に来てもらうのが嬉しくて、自分だけの慰めごとに餌をやり続けてしまい、今更もうやれないなんて、罪なことをしてしまった。長い間有難う、と言われても雀は迷惑千万だろう。私は定年まで働いて少々ながら援助し続けた親族のことを考えた。済まないことをしてしまった。野鳥は人に頼らないでちゃんと自立できる生物なのである。私が生きて来たのは、自分の満足のため、ただ我を通して来ただけのように思える。誰のためにもなりはしなかった。

明日どんな貼紙を出されるかわからない。

「ところでキミ、ひとり暮しのいいとこと言ったら、何だろうね」

小さな集会で隣り合った、詩人の中桐雅夫さんに尋ねられた。

「そうねえ、お風呂から上がって、裸で出てこられる事かしら」

「うん、なるほど、それはたしかに、そうだな」

後で、あられもないことを言ってしまったと思ったけれど、考えた末にはとても口に出せない、とっさの言葉が自分でも納得のゆく答になっていた。見られたものではない、その姿のさらしようが、私のひとり暮しかも知れない。他者の目がない、ということは人間を際限なく無様なものに仕立て上げる。

この間二日続いて、夜中に震度三と四の地震があった。死ぬ時が来たらその時は仕方ないでしょう、といった考えを衿元まで引き寄せていたはずなのに、一揺れでガバとはねのけ飛び起きてしまうから不思議である。何日かして女友達が電話の向こうで案じてくれた。あなた、大丈夫だったの。本が崩れて来たらつぶされてしまうわよ。

片側の壁を背にして並んだ、奥行の浅いスチール製本棚は、少し前のめりになっている。その手前に本や雑誌、郵便物が積み上がり、反対側に置かれた洋服ダンス及び押入れの前も、所狭いばかりにモロモロの山積みが出来てしまった。先夜おそく、てっぺんに一冊の本を乗せたら、積み将棋よろしくザーッと崩れて来て、片付けないと布団を敷くことも不可能だった。

私の住居は六畳一間に四畳半ほどのキッチンとやら。そのキッチンの棚、卓上、椅子も一つだけを残し、すべて印刷物の占領下にある。

恥ずかしいことに食事をする場所がない。どうやってするかは聞かないで欲しい。十年前私は家族から離れて独立したなどと言っているが、この蔵品のため狭い家から追い立てられた一面もある。引越の際ダンボール箱に詰めて、全部運んで来てしまった。以後殖え続けるばかり。

本というものが子供のころ考えていたものから次第に変ってきた。そのひとつ、以前は買った本だけが手もとにあった。ここ数年来、書店で求める本より郵送されてくる数の方がずっと多い。殆どと言った方が正直かも知れない。それで本を読む姿勢が受身になった。たいてい自費出版かそれに近い、未知の人からの詩集である。同様に私も詩集を出すと、精一杯送り届けてしまう。

金銭の授受をはなれたやりとりで、差し当って返せるものは言葉ばかり。にもかかわらず、物を書くことに年中困り果てている私は、手紙、礼状を本と一緒に溜め込んでしまった。すると書きたいと思う手紙、身に余る感謝、すべて書けなくなってしまった。私の小さい部屋は心の内側とまったく同じ風景、借財の山なのである。

その山に住む山姥をつかまえ、仲間が、訪ねて行きたい、と言う。武士の情け、頼むから来ないで、と手を合せてしまう。

梅が咲きました

東京の大田区に移転して十年になりますが、住めば都の言葉通り、良いことのひとつにアパートの横を流れる川、その名も呑川という、ユーモラスな呼称が気に入っています。水がきれいなどとはお世辞にも言えない町中の小さい川。先日も白濁して泡立つ溶液を帯の如く解き放っていて、その塗料臭に思わず鼻をそむけました。

人間の捨てるもの、すべて呑み込まなければなりませんよ、と運命づけられた名前ではないはず、と同情めいた心にもなりますが、両岸に張られた金網の網目から、何やら手で千切ってまで捨てている人の姿も見受けられました。百年河清を待つうちには、こちらの血の流れもどこぞで途絶えると思えば、ふびんなのは川ではないむしろ当方と、通りがかって、ふとたたずんでしまいます。

そんなふうに身近な自然が毎日見せてくれるものを、目一杯あふれさせながら、ほとんど私なりの器、小さな人物、という容器からみんなこぼれてしまうのをどうすることも出来ません。まあ、少量でもありさえすれば生きて行くのに支障なし、というわけでしょうか。

近所の高台に八幡神社があって、比較的広い境内を現在に残しています。本殿の横手に梅の木が五本、季節の寒暖計の如く立っています。今年は一月十二日、まさかと目を疑わせるように南斜面の一本が、白い花を七、八輪咲かせていました。例年より早いのではないかと思います。おっつけ紅梅もひらくのでしょう。

秋に葉を落し終った時、すっかり裸だと思ったのは、今日よりは若かった昨日という日が私に早トチリさせたことで、葉を落すか落さない間に、梅には次の花への用意がはじまっているのでした。

夏の日、梅の木肌に手を置いて「また来年の花に会わせてください」とささやいた、私の願いを聞き届けてくれたのは誰でしょう。春は来るのではない、生きてこちらが春に到達するのだという感じ方は、残念ながら年のせいかもわかりません。

雪谷

ごく最近まで、南雪谷という地名の誕生したのが昭和四十五年三月だったことを知らなかった。東雪谷は少し早く、四十年九月に名付けられている。直前は共に雪ヶ谷町だったというから、東と南は地名兄弟。するとかつて村だったり字になったりした雪ヶ谷は、兄弟の何に当るのだろう。明治以降の行政区画変遷をみると、郡から市へ、市から都へ、区の整理統合等により幾度も表示変更があったことに驚く。人間と同じように代替りして来たものとみえる。

私が南雪谷に引越して来たのは、四十五年十一月であった。会社の五十五歳定年が五年後にせまったとき、終（つい）の栖（すみか）をここに定める心地でいた。楢山節考のおりん婆さんは雪のお山へ行く、りんは雪の谷へ行く、よいではないか、と念仏ならぬハミングで。

たとえ食糧が絶えても雨露しのぐ屋根があれば、と思って購入した一DKは、地形上は川のほとり、経済的には、四十年働いた退職金で完済出来るか出来ないかの瀬戸際に建つ、今様十六階建ての集合住宅だった。

東京駅で東海道新幹線に乗り、西へ五、六分走ったころ、右手の窓外に目をこらしていると、やがて細い川が一本まっすぐにのびて来て、線路と十字に交差したと思う間に飛び去る。我がアパートも遠くにチラと姿を見せて飛び去る。川の名を呑川と言い、川をはさんで東雪谷と南雪谷に分れている。区役所に問い合せたら川幅九メートル、雪谷を流れる距離は約千三百メートル。

町の南端を新幹線に仕切られているかと思えば、北側のはずれを中原街道が通っている。この新旧二本の間をやはり平行に池上線が走っていて、横三本の交通路を縦に貫く一本の川、という図柄になる。真上の空は、羽田を発ったばかりの飛行機の航路でもあるらしい。

南雪谷の高台に雪谷商店街があり、東雪谷の低地に希望が丘商店街があって、谷と丘の概念を逆さにして暮す、坂の多い町である。呑川という名もこっけい味を含んでいて私は気に入っているけれど、昔から氾濫を繰り返したと聞くと、いったい何を呑んで今日に至りましたか、と濁りきった水に尋ねてみたくなる。

図書館の古文書（？）をひらくと、明治十八年生れのタンス職人、田中金五郎氏の話が出ていた。呑川の少し手前でタンス製造をしていた親方の所へ弟子入りして五年、腕をみがいて一人前になった。彼が三十二、三歳のころ、呑川の洪水に、近くの農家がタンスを流してしまった。下流に流れついたが、引出しを開けてみたら中の着物は一枚も濡れていなかった。このタンスは金五郎氏のつくったものであったと。そんな腕の良い仕事の話は、現代のオトギバナシとして通用する。このごろは頭ばかりみがく。

東雪谷の高台にある八幡神社の境内には、天和元年（一六八一年）から安政四年（一八五七年）までの間に雪ヶ谷村の人々が建てたという庚申供養塔が七基集められていて、流れゆくもの、走りすぎるものの多い現世に静かな目を向けている。

私のテレビ利用法

テレビを持たない私が、見たい番組、必要の生じた番組に出くわすと、まずどこで見せてもらおうか、と思案する。

それで、テレビの利用法と聞かれた時とっさに、利用するときは電車に乗って行きますと、とんちんかんな答え方をしてしまった。

いつだったか、五回の連続で詩人が毎日ひとりずつ登場した。旧友に、家へ来ませんか、と誘われ、私鉄二回乗り換えで五日通った。それだけ手間ヒマをかけると、ほんとうに見たような気がした。その上ご馳走になった。

以前は受像機を持たないと人並でないようだったのに、すっかり普及した現在、テレビが無いと言うと、えらいですね、などとへんなほめられ方をして、逆にキザッぽくなってしまった。

私も十年ほど前までは狭い家に家族と一緒に住んでいて、テレビが王座の如く夜を支配していた。見ていれば楽しいから全番組終了を待って、やっと自分の時間に灯がともった。

そのこともあって、一人暮しに移ったときテレビを購入しなかった。多少の不自由はあるけれど、無くても済むものだナ、と気が付いた。

では新聞のテレビ番組欄を見ないか、というと見る。家庭の奥さんに電話をするとき、気をつけないと、ちょっと待ってね、いま徹子サンなのよ、後でこちらから掛けます、と大急ぎでちょん切られたりする。夜などはことに気を配って、相手が見ていそうな番組の時間中は遠慮する。だが、これは長電話常習犯の私にだけ必要な作法心得で、男友達のQはある日憮然として言った。

「ね、石垣さん、僕がZに電話したんです。すると、今いいテレビ見てるんだ、と。テレビと僕と話すのと、どっちをとるんですか」

聞いていて一期一会という言葉が浮んだ。三人で一台のテレビに向うとき、三人のつながりは薄くなって、テレビと自分という関係になる。一人だけで一台のテレビを見ていても、それをひとり遊びとは言わないだろう。

しばらく行かなかった兄弟の家で夕食を終え、テレビを前にしていたら「アナウンサーも、テレビの中でどんどん年をとって行くのがわかるね」と、弟がつぶやいた。同様に、見ている側も老けて行く。電光の中を、どちらの方向へか流れてやまない時間の帯。

政治家の髪も、薄くなったり白くなったりが目につく。阿波人形の頭を見るような、眉の濃い党首の顔をながめながら、歳月にあやつられた後、かくんと首を下げて歴史の片隅に置かれる日のことを考えたりする。どういう役割を果しなさるのだろう。

一番見たいものは、と尋ねられればニュースだと答える。暗い報道が多く、仏壇も神棚もないのに、このごろはラジオやテレビに向って思わず両手を合せてしまうことも度々なのに。

それでもニュースにひかれる心の底には何がかくされているのだろう。事実を知りたいということにとどまらず、好奇心、興味、といった感情がぞろり顔を並べていて、ショッキングな事件が起ると、自分には見えない自分の目の中に、異様な輝きが走るのと違うだろうか。同情して、涙を流す最中にも、第三者の残酷な目の中には。

平穏な日のかすかな落胆。座布団の上で目をこらして見ているのはニュースか、ニュース劇なのか。観客の期待が積り積って、ある日どこかで大事件が勃発する。そうでなければよい。

何年か前、NHKの「私の自叙伝」に出た。決められていた録画の日、入院中の異母妹がだいぶ悪いと知らせて来た。子供のとき他県へ養女に行ったまま、往き来の少ない間柄になっていた。仕事で見舞いに行くのがおくれている間に亡くなってしまった。その柩が婚家先に帰宅したちょうどその時、誰のはからいでか、「私の自叙伝」がはじまっていたという。妹の亡骸(なきがら)と映像の中の私は、いったいどんな対面をしたのだろう。うすっぺらな姉さんに、妹は死んでも会いたかったのだと思う。

たしか、日本ではじめてティシュー・ペーパーを売り出したのはあそこ、と私が記憶している会社へ、先日電話をかけてみました。一度聞いておきたい、と思っていたからです。

——ちょっとお待ち下さい。いえ、すぐわかることなんです。けれど、いま手もとに書類がありませんので、いったん電話をお切りになってお待ち下さい。はい、しばらくしたらこちらから連絡いたします。

——お忙しいところ、それは恐縮です。ほんとうに私的なお伺いなのですから。

——結構ですよ。手間のかかることではありません。

であるなら、ここは甘えておきたいところでした。願いは間もなくかなえられて。

ティシュー・ペーパーがはじめて国産になったのは一九六四年二月のことで、それより前、アメリカから中身の紙を輸入し、外箱だけ日本で製造して売り出したのは一九六一年十月だったという。その時の売り出し価格が一箱百六十円、二枚重ね二百組の内容は輸入時も、国産開始時も変っていない……。

電話の受話器を左手に、私の右手は鉛筆をノートに走らせながら、

――それ以前にですね、ご存知でしょうか？　戦後PXというのがありまして。そうです、進駐軍のです。あそこではずっと売られていました。

そんな話に、ああそうだったなあと、PXといった言葉が塗り立てのペンキのようにあざやかだった、終戦直後を思い出していました。

一九六一年といえば昭和三十六年。あら、ティシュー・パーパーが市場に出回ったのはそんなに新しかったかしら？　と意外な気がしたのは、約十五年の歳月を短いと感じるほど、私の過去が長くなっている証拠でもあります。

――あれは、私どもずいぶんぜいたくな感じのしたモノでしたけど。

と、先方の説明に言葉をはさむと。

――はじめはお化粧専用、ドーラン落しなどを目当てにしていたんです。化粧品的イメージ。しゃれた人が、しゃれた使い方をする。

――そう、そうでしたねえ。

使い捨てるハナガミが、きれいなボール箱におさまっている。箱は中身がなくなると、これも捨ててしまう。そんなもったいない品を生活にとり入れるなんて。と思いながらも、そのごく日常的な、のばせば手の届く辺りに積んであるぜいたくには魅力がありましたか

ら、在来の一帖二つ折りのはながみのほかに、ティシュー・ペーパーの一箱を買い求めてくるのでした。それは私のように〝しゃれた人〟ではなくても、業者のおもわく通り、しゃれた感じに使おうとしているのでした。

おおげさにいえば、夢のあるはながみ。私たちは、綿レースの夢を見、プラスチック製品を夢見、電気洗濯機を夢見、テレビを夢見、次々と夢からさめて行ったもののようです。その夢をも少しさかのぼれば、戦争中の極端な物資の窮乏時代へかえって行きます。

あれは終戦の年の初夏でした。五月の空襲で家を焼かれ、隣り組の人たちとひとつの防空壕で何日かをすごしていた時、故郷の伊豆に疎開している祖父がはしご段から落ちてけがをしたから、面倒をみるため私に来てもらいたい、という伝言がありました。勤め先の会社は、出勤も欠勤も規則通りには行かない状態になっていて、休暇日数を案じた、という記憶もありません。罹災時、二人の弟のうち上は召集され下は学童疎開して留守、私は焼け跡に父母を残して、これも焼け出され組の従兄弟、二つ年下の学生と東京をあとにしました。当時は汽車の切符が駅の窓口で簡単に買えるような情勢ではなかったので、どうやって乗り込むことが出来たのか。それさえいまは覚えがなく、満足にいえません。伊東までとにかく行きました。そこの遠縁の家に一泊。翌朝早くから行列して乗車したバスも途中までしか行かず、乗客たちは軍関係のトラックの荷台に便乗させてもらうことで、先を継ぎました。軍と、乗せてもらった人間との行く先の別れ目で降ろされてしまったあとは同行二人。思いつくまま、日の暮れてきた山を越えて、その見当にあるはずの、いささか縁のある寺をたよることにきめました。乾き切ったのどから手を出し、山の中腹で摘み取った桑の実の味は、薄暗がりの中でそこだけボウと浮かんでみえる思い出の粒々です。

山寺のあまりの安らかさに、戦塵を洗うような気分で泊ったあと、下田行きのバスに乗りましたが、バスが町に走りこむのと空襲が同時でした。進行方向、道のゆくて高く土煙があがった瞬間、からだはバスの床に伏せて、応急待避です。とにかくここにじっとしていては危険である。一刻も早くこのちいさい町を通り過ぎなければ、ということで二人は、先に進まないバスを降りるとまた、リュックサックをかついで歩き出しました。

町を出はずれる所で、岩壁の斜面を横に掘った防空壕から運び出されてくる負傷者、ちょうど目の前ですれ違った担架には、首の付け根をぐしゃりと砕かれた中年の男性が横たえられていました。その目をつむった顔の色が、どうして生き生きとして見えたのでしょう。血に染まっていたためでしょうか。

すでに道端に並べられた水兵服の死体などの横を急ぎました。うつ伏せになった顔の耳から頬にかけての肌が、見たこともないような灰白色に変っていました。この兵士の家族はどこかで、この事実をたったいま知らずにいるのだ、と考えながら。

ものの三十分も田んぼの道を歩いたでしょうか。うしろから来た一台のトラックを振り返り、見送ったとき、なんともいえない生臭い匂いが道幅いっぱい尾を引いているのに気が付きました。荷台に何段か積み上げられているらしい負傷者が、湊の海軍病院へ運ばれてゆくところでした。そのあとで「お腹がすいちゃった」とつぶやいた私は二十四歳。「たしかなものだなァ」と青年は、同行女性の気のたしかさに半ばあきれて笑いました。

戦後の町村合併で、村だった私の本籍地は南伊豆町となり、昭和五十二年の現在、東京から下田までは特急電車で二時間四十分足らず、その先バスで一時間とかからない場所です。距離というのは状況により、遠くも近くもなるゴムのようなものなのでしょう。私はやっとたどりついた村で、案外手のかからない祖父と一カ月ほどいたのですが、そこでの記憶のかたち。いい替えれば一番印象深く残っているのが、煙草の箱ほどの大きさに切った古新聞紙です。

むかし、関西から江戸へ海路を行くとき、伊豆半島の突端に近い入江の村を風待ち港にしたという。徳川何代将軍かの滞留記録もある村には、舟宿のつくりをしている家屋、家号がたくさん残っていました。祖父はその一軒のあるじ、八十の声をきく実姉のところで世話になっていて、広い家には養女がひとりいるほかに、東京からの疎開者一家がかまどを別にしていました。そこの老婦人がしまりやさんだ、と誰からともなく耳にしていましたが。それでなくても物のない最中のこと、しまりやでない人など、どこにもいないといってよいはずでした。その婦人が、共同で使う便所にいつも二、三枚残しておいてくれた。それが煙草の箱大に切った新聞紙だったのですが。まあ、よくこんなちいさくと、そのしまり加減をかたちで見る思いがしたものです。けれど、それを他人も自由に使えるところに置いている気前のよさがわかりかねるのでした。

当時の新聞はいまの紙面にくらべると、せいぜい二頁。つまり裁ち切り一枚分の朝刊だけがくばられていたように思います。もっと紙が足りなくなると、そのまた半分になった時期もありました。とにかく、私は有難くそのちいさな古新聞のこま切れ一枚に毎回手をのばしていました。ひとつつみの綿、一帖の紙、白い米、それらを手に入れることを夢にしていた日のことです。

「では、あとのことをいたしますから皆さま、ちょっと部屋をお出になって下さい」と看護婦さんにいわれ、私のきょうだい三人と、たったいま息を引き取った女性の実の子供三人は廊下へ出ました。ややこしい説明になりますが、この六人が死者を「母」と呼んでいたのです。

婦長さんが事務室にまねき入れて、何の用意もない遺族に、葬送の手筈を半ば問う形でリードして下さいました。特別の心当りがないなら、こちらで葬儀社への連絡もして上げましょうということで、お願いして。

ふたたび病室に戻ると、さしあたって柩や車が到着するその前に、残された品を片付けなければなりません。入院時の衣服、履物、寝巻、下着の着替やら、洗面具、調味料、見舞品など。あわただしくくるみ込んだふろしき包みが、いくつかまとまりました。「あら、これはもったいないから私が使いましょう」私といくつも年の違わない母の姉娘が、まだおろしていないガーゼの寝巻と、これも新しい白ネルの腰巻二枚を、死者の荷物から別にしました。私はなぜかハッとしました。腰巻は母にたのまれて私が二日前に買ってあげた物です。けれどガーゼの寝巻は、きっと姉娘が母に与えたものだったのです。

もうひとつ気になったのは、さっき病室にはじめて姿を見せた母の一人息子が、初対面の私たち姉弟に何の挨拶もせずに前を通りすぎ、母の枕もとへ進んだことでした。長く別れ住んでいた母親の危篤に立ち会う息子に、周囲への気くばりなど出来るはずはなかったに違いありません。

私はこの二つのことをなぜ目にとめたのか、それが自分の心の何に基因するか、直感していたのです。勤め先ではかなりの役どころにいるという息子を間に、姉と妹の三人きょうだいである実子たちが、私の知らないところで母に援助していたのだな、ということ。

それゆえ新しい品は、みな自分が上げたものだと思ったのでしょう。もうひとつ、母は私への不満をどんな風に告げていたのだろう、という疑心でした。

私が死者を、母と呼んで暮した歳月は三十年をはるかに越えています。三人の妻に先立たれていた父が、仲人から渡された一枚のしろうと写真を披露した折のことを思い出します。野原のようなところに全身をみせて立っている着物姿の女の人がこちらを向いていました。「そんなに欲しいの?」もう会社勤めをしていた私がなにげなく差しはさんだ言葉に、父は顔色を変え「まことに心外だ」と、祖父のほうを向いて怒りました。とんでもない口の利きようをしたものだ、と気が付いたのは、ずっとあとのことです。父は商人でした。

何人かの子を婚家にのこして離婚、役所の課長をしている兄のもとに身を寄せているというその女性は、やがて私の母としてあらわれました。その時から私とは仲の良くない間柄が生じたのです。ことに戦争末期、戦後、その間の物資、ことに食糧不足。母の盛り分ける御飯の量に〝かれとこれとを見くらべて、我はかなしき餓鬼となる〟などと詩の一節に書いたこともありました。私は間に立つ父を苦しめる悪い娘でしたが、母もよく私に出て行きなさい、と言ったものです。大ざっぱに分けて、父が生きている間は母が強く、昭和三十二年に父が死んで四十九年四月に母が亡くなるまでの間は、私が強かったといえます。

戦前に別れたまま行方がわからなかった子供たちと連絡がついた、と知ったのはごく最近でした。母の口からそのことを知らされたとき、私はしんじつ喜びました。「よかったわね、お母さん。私たちに遠慮はいらないから、たくさん親孝行してもらいなさいよ」といい、母も、母子家庭だという姉娘のマンションへ何日か泊りに行ったりするようになりました。そこへ母を送り届けに行ったことのある私の弟たちは、新しくできた親類に好意を持って帰って来ました。

けれど長い間、私は母に対してどうしても安心しきれない部分を感じ、母は母で私に対してかくす部分をいつも持っているようでした。それが私には打算とうつるのでした。母にしてみればその部分で固く自分を護っていたのでしょう。何かのついでに問いただすことをした私は、母が実子たちと連絡をとったのは、私が知る何年か前であること、その最初の場所、方法などをきいたとき、親孝行してもらうといい、と希望したのとは別の感情で腹を立てました。

母と子供たちとの行き来が重なった時、いちど「母も年をとりましたから、もしご一緒に暮したい、というのでしたら、こちらに気がねなく、そうなさって下さい」と伝言すると、「そういうつもりはありませんから」という答が返ってきました。

「働いて、最低食べるだけのことには困らせないつもりだけど、それ以上のことは出来ないワ」そんなことを私は母に、つけつけといい暮したものです。母も、むこうのやっかいになる気持はない、というのでした。そうだろうなあ、と一緒に暮した年月の割合を棚に上げ、生活の負担をはなれた親子関係の親密、というものに胸のおさまりかねる口惜しさを覚えるのも事実でした。

今迄に入退院を繰り返してきた病身の母が、二月に入院したとき、こんどは長びくかもわからないと思ったのは、死がそれほど近付いていることを知らなかった、といえます。保健所の紹介で入れてもらった個人経営の結核専門病院は、山の手の高台にある木造建で、個室の窓の外にはちいさい池も見えている、このごろではちょっと望めないような静かな環境と、親切な看護の中にありました。そこを見舞って「私、来年は会社を定年になるでしょ、勤めをやめたら、もう個室は無理よねえ、年末になったら大部屋でいいでしょう?」と、私自身の行く末の不安を病人にぶつけるのでした。

それから十日とたたない夜、看護婦長さんから「容態が大へん悪いので、ご家族に泊り込んでいただくことになるかも知れない」という電話がありました。そのことを母の子供たちにも伝え、伝えられる相手のいることをこんな際、特に心強く思うのでした。その翌朝の急変で、六人が枕もとにそろった晴天の真昼に、母は七十四歳の生涯をとじました。

捨てる場所もみつからないまま、ふろしきに包みこんだ醬油さしの首がかしいで、床を汚さないか、などと気にしながら庭に出ると、何本かのさくらの木に、満開の花が陽光をかざしていました。病院の娯楽室で、やがて到着した葬儀社の人を中に決めた次第は、ここから柩を火葬場へ送ること。一晩あずかってもらって火葬に付し、翌日私の家で簡素に葬式を出す、ことなど。

火葬場の狭い一室へ柩を運び込むと、そこには母の柩の外にもうひとつ、誰も付き添いのいない柩が置かれていました。長方体の隣り合った柩は、どういう縁で無言の一夜を共にしたかわかりません。二組のきょうだいは、母というものをその場に残して、暗くなった道で別れました。

「ではあしたに」

戦後三十二年すぎて、現在の私はいまでいう一DKのアパートにひとり暮し。その、間仕切りのふすまをたてることもない見通しのあちこちに、口を開けたティシュー・ペーパーの箱が、たいてい三つぐらい。ここにありますよ、いつでもどうぞ。という風情で、二枚重ねのやわらかい紙が、ヒラリと手を上げています。外箱の表示に従えば、色はホワイト、ピンク、ブルーなど。すべての物価が激しい値上りをしめしている中で、この品は定価二百十円というものの、スーパー・マーケットなどでは百五十円以下。バーゲン・セールとなれば一箱百円以下でも手にはいる、というのは、需要の伸びが生産コストを引き下げ、売り値を競わせるからでしょう。無造作にしゅっ、しゅっ、と引きぬいては使い捨てながら、ふと戦時下の落し紙を思い浮かべ、古新聞があんなにちいさく切りきざまれた日にも、しゃれた感じで使う目的で製造された日にも、はながみはどうして同じように長方形なのだろう、と余計なことを考えたり。そのはながみの入れもの、ティシューのボール箱のかたちと、柩のかたちはどうして長方体なのだろう、と思ったりします。

中身を使い切ったティシューの空箱を捨てるとき、私はかすかな恐れでのぞき見ることもあります。なんでもない日常の穴ボコです。

Ⅲ

詩を書く

立場のある詩

以前から抒情詩とか、叙事詩、散文詩等という呼び方はありましたが、最近そういう質的な分類とは違った、別の分けかたで呼ばれる詩が多くなりました。主義主張による、ダダとかシュールというのでもない、プロレタリア詩といった自覚によるものとも違う、職業別、所属別に近い、たとえば生活詩、働く者の詩といった呼び名。

職業の分野でも専門化、細分化が進んできたので、詩もその傾向から逃れられなかったか、と冗談に聞いてみたいような気がします。

私の書いたものが、少しでも世間にとりあげられるきっかけになったのは、この働く者というひとつの立場からでした。第二次世界大戦後、組合運動がさかんになり、その一端として文化活動が強く推進された。食糧も娯楽も乏しかった時期、文芸といった情緒面でも、菜園で芋やかぼちゃをつくるのと同じように自給自足が行われ、仲間うちに配る新聞の紙面を埋める詩は、自分たちで書かなければならなかった。実際、私も勤め先の職員組合書記局に呼ばれ、明日は広島に原子爆弾が投下された八月六日である。朝、皆が出勤してきて一列に並んだ出勤簿に銘々判を捺す、その台の真上にはる壁新聞に、原爆被災の写真を出すから、写真に添える詩を今すぐここで書いてもらいたい。と言われ、営業時間中、一時間位で書かされたことがありました。

挨拶

原爆の写真によせて

あ、
この焼けただれた顔は
一九四五年八月六日
その時広島にいた人
二五万の焼けただれのひとつ
すでに此の世にないもの
とはいえ

友よ
向き合った互の顔を
も一度見直そう
戦火の跡もとどめぬ
すこやかな今日の顔
すがすがしい朝の顔を

その顔の中に明日の表情をさがすとき
私はりつぜんとするのだ

地球が原爆を数百個所持して
生と死のきわどい淵を歩くとき
なぜそんなにも安らかに
あなたは美しいのか

しずかに耳を澄ませ

何かが近づいてきはしないか
見きわめなければならないものは目の前に
えり分けなければならないものは
手の中にある
午前八時一五分は
毎朝やってくる

一九四五年八月六日の朝
一瞬にして死んだ二五万人の人すべて
いま在る
あなたの如く　私の如く
やすらかに　美しく　油断していた。

（一九五二・八）

題名は、友だちに「オハヨウ」と呼びかけるかわりの詩、という意味で「挨拶」としました。

あれはアメリカ側から、原爆被災者の写真を発表してよろしい、と言われた年のことだったと思います。はじめて目にする写真を手に、すぐ詩を書けと言う執行部の人も、頼まれた者も、非常な衝撃を受けていて、叩かれてネをあげるような思いで、私は求めに応えた。どういう方法でつくった、といえる手順は何もなく、言えるとすれば、そうした音をあげるものを、ひとつの機会がたたいた、木琴だかドラムだか、とにかく両方がぶつかりあって発生した言葉、であった。それがその時の空気にどのように調和し得たか。

翌朝、縦の幅一米以上、横は壁面いっぱいの白紙に筆で大きく書いてはり出されました。皆と一緒に勤め先の入口をはいった私は、高い所から自作の詩がアイサツしているのにたまげてしまいました。何よりも、詩がこういう発表形式で隣人に読まれる、という驚きでした。

ほうぼうの職場で、多かれ少なかれこうした詩の出来事があったのでしょう。私の所属する金融機関の組合連合体でアンソロジーの出版を企画し、それは『銀行員の詩集』として年一回ずつ、十回発行を重ねました。やがて組合団体の分裂がひとつの原因となって一九六〇年版で終刊となりましたが、この詩集に毎回発表したものは、他に紹介され、別に新しく書くことをたのまれる機会ともなりました。その場合、私の書いたものは働く者の詩であり、生活詩、ということになるのでした。

いま詩を書く以外に仕事を持たないで生活している人は数える程しかいないのですから、私の詩に説明が付くのはハンディキャップ、たとえば「子供の詩」と断り書きがつくのに似ているのでしょうか。それとも何か詩と違った要素があるからでしょうか。いずれにしても私は一日中働いているのであり、その立場で詩を書き進めてゆく以外、食べてゆくことも、書いてゆく手だてもないのが現実です。

「挨拶」が職場で書いた詩であるなら、次の詩は自宅で書いた詩、とでも言いましょうか。だから題を「表札」にしたのか、といわれると困るのですが。

職場は大手を振ってまん中を行進していた組合活動を少しずつ横に片よせ、経営が本通りをゆく、ある落着きをとり戻していました。

前の詩と、この詩の間に十年以上の月日が流れています。私の詩を書く立場は、この流れにうごかされ、大勢の中からひとりの中へと置き換えられてゆくようでした。

表札

自分の住むところには
自分で表札を出すにかぎる。

自分の寝泊りする場所に
他人がかけてくれる表札は
いつもろくなことはない。

病院へ入院したら
病室の名札には石垣りん様と
様が付いた。

旅館に泊っても
部屋の外に名前は出ないが
やがて焼場の鑵（かま）にはいると
とじた扉の上に
石垣りん殿と札が下がるだろう
そのとき私がこばめるか？

様も
殿も
付いてはいけない、
自分の住む所には
自分の手で表札をかけるに限る。

精神の在り場所も
ハタから表札をかけられてはならない
石垣りん
それでよい。

日常働いているところが、たとえ資本主義の本丸に近いような場所であっても、目先のこまかい仕事に追われていては気が付かない。職員組合が強かった弱くなった、といっても、はじいている算盤珠に数として出てくる一円もなく、向き合っている同僚の顔色に出るということもありません。けれど政治の選挙などがはじまると、駅の広場の辺から様子が変わり、やがて私の身辺に届く事柄となってあらわれてきます。

まえには自分の支持する政党をはばかりなくあげ、職場の新聞紙上で意見をかわす、というようなことがあったのに、一九六六年にはそうした論議を呼ばない。話題としても互いに礼儀正しくふれ合わないでいるような雰囲気がある。と同時に与党に反対の意志を持った者のひそかなさそいかけが私などの所にまいります。

私は詩も、暮し方も、どちらかと言えば保守的だけれど、現在の保守政党に一票は入れない、それだけはしない。そこから出発し、自分の足で歩いている。そこへトラックが寄ってきて、乗りませんか、連れてって上げます、という。私はその人の運転に自分をまかせることをためらう、そのためらい。

家に帰ると宗教への勧誘がきます。あなたが幸福になるためにはこの会にはいる以外に道はない、はいらないと家族は現在以上の不幸や困難に見舞われるでしょう、という。ずいぶん気持ちの悪い親切で、脅迫に近いものだ、と忿懣（ふんまん）やるかたないのですが、ご近所とあれば遠慮の仕方もこみ入ってしまう。

表札はただ単純に、表札についてだけ書いた詩ですが、気持ちの下敷きとして、私をささやかにとりまくこのような状勢があり、それがまったく関係のない表札の記憶と不意に結び付いたとき詩になりました。

短い時間で出来上がりましたが、終りから四行目、〝精神の在り場所も〟を〝精神の在り場所に〟と直したほうが良いかどうか、発表するギリギリの時間まで迷いました。地理的にいうとお茶の水駅周辺をうろうろ歩いて迷いました。歩いていたのはにともです。結局もにする以外ないと考えました。にすると曖昧な部分はなくなりますが、詩が狭くなるような気がしました。

冠

奥歯を一本抜いた
医者は抜いた歯の両隣り
つごう三本、金冠をかぶせた
するとそのあたり
物の味わいばったり絶え
青葉をたべても枯葉になった
ああ骨は生きていなければならない
けだものの骨

鳥の骨
魚の骨
みんな地球に生えた白い歯
それら歯並びのすこやかな日
たがいに美しくふれ合う日
金冠も王冠もいらなくて
世界がどんなにおいしくなるか。

短いものですが、割合に長くかかりました。何回も書きかけてはやめております。さわってみて未熟だな、と知り、もぎとることを後にする果実のようにです。りんごや柿の、花が咲いて実がなるくらいはかかりました。

動機も、内容も、願いも全部おもてに出してある平明な詩なので、よければ読者も白い歯でまるかじりにして味わって下さい。もしシブイところがありましたら、締切りにせまられたせいです。けれど期限で切られなかったら最後の二行は出てこないで、詩になるのがずっとおくれるか、まったく別の詩になっていたろうと思います。

金冠も王冠もいらない、これは「表札」で様も殿も付いてはいけない、と言ったことと何となく似てしまいましたが、こんな風に、自分の内面にありながらはっきりした形をとらないでいたものが徐々に明確に出てくる、あらためて自分で知るといった逆の効果が、詩を書くことにはあるようです。かりにも私の場合、書くことと働くことが撚(よ)り合わされたように生きてきた、求めながら、少しずつ書きながら手さぐりで歩いてきた、といえます。

時期でいうと「挨拶」と「表札」の中間頃に当る「家出のすすめ」は、時間でいうと真夜中にあらわれました。読んで下さる方に必要のないことですが、作者はそのことを思い出します。意図しないのに突然出て来たからです。魑魅魍魎(ちみもうりょう)のたぐい、私の世迷(よま)いごと、でもあるのでしょうか。

家出のすすめ

家は地面のかさぶた
　子供はおできができると
　それをはがしたがる。

家はきんらんどんす
　馬子にも衣裳
　おかちめんこがきどる夜会。

家は植木鉢
　水をやって肥料をやって
　芽をそだてる
いいえ、やがて根がつかえる。

家は漬け物の重石
　人間味を出して下さい
まあ、すっぱくなったこと。

家はいじらしい陣地
　ぶんどり品を
みんなはこびたがる。

家は夢のゆりかご
　ゆりかごの中で
　相手を食い殺すかまきりもいる。
家は金庫
　他人の手出しはゆるしません。
家は毎日の墓場
　それだのに言う
　お前が最後に
　帰るところではない、と。
であるのに人々は家を愛す
　おお　愛。

愛はかさぶた
　子供はおできができると
……。

だから家を出ましょう、
みんなおもてへ出ましょう
ひろい野原で遊びましょう
戸じまりの大切な
せまいせまい家を捨てて。

実は他に、読んで十五分くらいの詩を書き上げなければならず、苦心惨澹の最中でした。そのときふと〝家は地面のかさぶた〟というイメージが浮かびました。おや？　と思うまもなく、ひとつの調子が出て、次々と言葉がさそい合い、連れ立って私の前にあらわれました。「オカチメンコなんて使えない」と言っても、「かまうことない、詩を書かなけりゃいいでしょ」と、さっさと先へ行き、最後の一行まで言葉がそろうと静止いたしました。その間、呼吸のようなものがあるだけでした。勿論多少の修正は加えました。肩を段違いにそろえたのも清書の時です。これはあまり好きなやりかたではありませんが、この詩の場合、自然にそなわった形だと思っていたしました。

作詩法などとは言えない、まるで無責任な話ですが、私に言えることは、言葉たちがどの道のりをきたか、どういう経験が先に立って引きつれてきたか、最初の出発点はどこか、知っているということです。

小学生の頃、貧富の差の激しい生活を構えの外に見せた家々と、そこから出てくる子供たちが同じ教室に集ったとき、私は家を離れてきたそのかたち、子供だけの世界、子供だけでつくった一軒の新しい家が欲しい、と思いました。年をとって、夢はなおざりになりましたが、現実の家は私の背に屋根のようにハリツいて離れません。日本人の大多数が抱いている家の意識から解放され、一度家を出てみたら――これは私の祈り、私の願いごとです。

いまこの詩は私に命令し、私をはげます、横からうたでもうたうように〝家は地面のかさぶた……〟と呼びかけてくる。私にのこされているのは実践に移すことだけです。

それなら詩の方法というようなものがお前にはないのか、といわれればない、と答えるほかありません。もとよりわがままな所業、自分のしたいことがしたくて、この道を来ました。私が少女の頃、昭和十年代、詩を書き、文学を好む娘を持った親は災難でした。それだけ余分な心配をしなければならなかったからです。私は私で、親の言うことを聞かないならそれだけの覚悟が必要と考え、自分から働きに出ました。浅はかだったとも思います。なぜなら、そのため学問と呼ぶ学校の門をくぐらなかったから。はじめから実社会に出て生活と一緒に出発してしまいました。おかげでまだ基礎がぐらぐらしています。卒業証書、社会に通用する手形、を一枚も持っていない、そのため意外な不便に出逢います。そして三十年、サラリーマンとして低い位置にすわり続けてきた、ひとつの椅子。

　職場は私に給料と、それ以外のものも与えました。けれどそれらを受け取るため、たくさんの時間と労働を引き替えに渡してきたことを思い返します。そんな当り前をなぜ言うか、ときかれれば、職場が育てた詩人、などという言葉に対する僅かな不満を語りたいからです。職場や職業はそれほど甘いものではない、現在の職場によりかかったグループから、まるまる一人の詩人が育つなどということが、私にはまだ信じられないのです。育ってもひよわなものとなりはしないか。よりかかって出来ることではないと思うのです。

　また職場の書き手たちが、自分のことを詩人、と思いこみ、名乗ることに、あるはずかしさを私は感じます。詩人としての自覚が必要だ、と言われるかも知れませんが、職場で働く以上詩人の自覚はなくても詩は書けるのではないでしょうか。自覚と自負とが紙一重の危険な関係に立っていることを考えるとき、詩は誰でも書ける、と言い、そして書きさえすれば自分は詩人だというのをきくと、そういう詩人なら職業人であるほうが有難いと考えるのです。勿論こんな意見は組合大会における一票の反対のように否決してもらえばいいのですが。

そこで詩のことにかえりたいと思います。職場グループ等で詩を勉強している、初歩の人たちだけが読んで下さい。それ以外の人にきかれると、私、言いにくいんです。仲間の中の少し古い経験者として話をしたいのです。

そういう人たちの書いたものを読んでいつも感じるのは、詩は詩的なことを書くものだ、と思っているらしいこと。たとえば詩を見て虹を感じた、とします。詩は虹のように美しい、さて私も詩を書こう、詩は虹を書くことだ、と考えてしまう。どうもそうではないらしいのです。虹を書くのは大変です。虹をさし示している指、それがどうやら詩であるらしいということ。間違っているかも知れません。私の書く指の向こうには鍋だの釜だのがあるばかりで、それで生活詩などと言われているのですから。

虹を見るとしても、そこに野山や空がなければならない。現実、または実際にあるものの向こうに虹は立つ——。自分の詩に欲をいえば、その場所、その時刻と切りはなすことの出来ない、ぬきさしならない詩を書いてみたいと思います。永遠、それは私の力では及ばない問題です。

花よ、空を突け

昨年の夏、詩集『表札など』の原稿を出版社に渡したあと、手もとに残ったのは、おそれと不安だけでした。

内容はここ九年間に書いた詩の中から三十七篇えらびましたが。いつも思ったこと、感じたことを遠慮なく書いてしまったあとには、気持の負債がふえるだけで、あまりトクになることが残っていませんでした。

トクをしようと思って詩を書いたことはありませんが。こんども、ヒドイ目にあわされるのではないか——と。

「じゃ石垣さん、詩集が出来たら全部舟に乗せ、東京湾のまんなかへ行って捨ててきましょう」

出版もとに迷惑をかけはしないか、という私に、社主が笑って答えました。

出来たばかりの本の束を、ザボンザボンと海に捨てるのは残念無念ではあっても、わるくないイメージでした。そんないさぎよい風景が、逆に私をなぐさめ、出版するという決心を落ち着かせてくれました。

それくらいなら、はじめから本など出そうとしなければいいのですが。作品というのは内側からみのった果実と同じで、樹木のように自分から手離したい欲求にかられるのではないでしょうか。誰かに受け取ってもらいたい、という、ごく自然な願い。世間にこたえる私の独自な方法はただこれだけだ、という貧しさでもありました。

十二月の末近い晩、突然出来上ってきた本をタクシーの後坐席に四百五十冊積みあげ、くずれ落ちないか気にしながら走った、高速道路の重たい走り心地が、忘れがたくからだの中に残っています。

翌日から私には忙しい日が続きました。勤め先のほうも年末で休むわけにゆかず、受け取った本は狭い我が家の、やっかいもの然と通路をふさぎました。残業して帰ってくる、それから一冊一冊の荷造り。明け方までかかって、たった二十冊などということもよくありました。

送り先は、大勢の詩人、世話になった人々。はずかしさをこらえて、知らない作家、評論家、新聞社などまで。買いとった大部分をおおよそくばり終えるのに、一ヵ月以上精出しました。

その重たい荷物を郵便局へ運ぶたび、田舎(いなか)の祭礼か節句どきの配り物に似ている、とオカシクなりました。「これは私の手作りです。ご賞味下さい」挨拶を添えたら、そういうことになるのだ、と思って。私にとってかなりな出費でしたが、それは覚悟の上。詩は、書きはじめたときから収入のある将来など決して約束してはくれませんでした。そればかりか、好きな勉強をするからには働いて、自分の自由になるお金をかせいだほうがいい、と十五歳の私に決心させたのもこの道でした。本を読んだり物を書いたりしては、女の道にはずれかねない、昭和十年頃のことです。

私は好きなことをしたくて働くことをえらび、丸の内の銀行に入社しました。以来三十年余り、同じ場所に辛抱しておりますが、職業と生活は、年月がたつほど私を甘やかしてはくれなかったので、結局そこで学びとらされたのは社会と人間についてでした。戦争も、空襲も、労働組合も、です。

終戦後、労働組合が結成され、職場の解放と共に、働く者の文化活動が非常に活潑になった一時期。衣食住も、娯楽もすべて乏しく、人々は自分の庭や空地に麦、カボチャを植えて空腹の足しにし、演劇も新聞も自分たちの手でこしらえはじめたころがありました。

戦前、同人雑誌など出し、詩や文章は職場とは関係のない、ごく個人的なものと割り切っていた私は、自分と机を並べている人たちから詩を書け、と言われることに新鮮な驚きを覚えました。私に出来るただひとつのことで焼跡の建設に加わる喜びのようなものがありました。同時に、人に使われている、という意識が消え、これは私たちみんなの職場なのだ、と思うことの出来た、わずかに楽しい期間がそこにありました。

ひとつの銀行の単独組合の機関誌に発表した詩が、組合連合体の新聞に転載され、それがまた『銀行員の詩集』といったまとまった形をとるに至ったとき、詩壇の人の目にもとまる、ということになったのでした。不思議な気がしました。予期しない形で詩を書く道が少しひらけ、日本現代詩人会への仲間入りをさそわれたときには。

予期しない、といえば、こんど出した詩集にユーモアがある、という批評ほど意外なことはありませんでした。精いっぱい書いた私の詩の、どこからそんなものがニジミ出たのか、見当がつきません。面白くない、というのが自分への不満でした。

海がよく出てくる、とも言われましたが、数にしたらいくつでもありません。あとがきに

伊豆の五郎は私と同じ年のはとこ。四十を越して、遠くたずねてゆくとムスメが三人顔をそろえる。ひとり者だからと言って、私が何もこしらえないのは申しわけない。

などと書き出したせいか、海は伊豆か、と聞かれたりします。どこの海ということはな

いのですが、私に一番印象の深い海は伊豆です。

父母の故郷でもあり、現在、祖父母、父、二人の母、妹二人のねむる場所でもあります。伊豆へ行く時は、いつもお骨壺を抱きかかえていた。そんな思い出があります。ついこの間まで電車もなく、それ以前はバスさえ満足に通っていなかった伊豆は、今よりもっともっと美しく、つらい場所でした。

ヒマが出来たら、いちど帰って見ようかと思います。私は東京で生まれ、赤坂で育ちましたが、伊豆は私が一本の木なら根の部分。見えない過去という過去が、白いヒゲのようにはびこっている、血のふるさとでもあるのですから。

海辺

ふるさとは
海を蒲団（ふとん）のように着ていた。
波打ち際（ぎわ）から顔を出して
女と男が寝ていた。

ふとんは静かに村の姿をつつみ
村をいこわせ
あるときは激しく波立ち乱れた。
村は海から起きてきた。

小高い山に登ると
海の裾は入江の外にひろがり
またその向こうにつづき
巨大な一枚のふとんが
人の暮しをおし包んでいるのが見えた。

村があり
町があり
都がある
と地図に書かれていたが、

ふとんの衿から
顔を出しているのは
みんな男と女のふたつだけだった。

祖父の姉弟たちは辞世遊びが好きでした。オムカエがくるまでに私の歌をひとつ。そんな気風の古い村が、海のほとりにありました。

こんど、九年前に出した詩集のあと、やっと二冊目を出したわけですが、私のブッキラボウな詩を読んで、

「ムカシの人の歌のほうが、ええようだなあ」

と磊落（らいらく）に笑う、老人たちの声がききたいと思います。

先日、ある会合の席で、前に坐った男性から「石垣さんですか？　あなたは石垣さんですね」と声をかけられました。

「古い話ですが、戦地でこんな（と両手の人差指と親指で四角をつくり）ちいさい『くれなゐ』という本に載っている、あなたの詩を読みました」

私は指でつくった四角が解かれると、びっくりしてその人の、こんどは丸い顔の中を目

でさぐりました。「僕は小沢です」

するとー枚の写真の中から、豆粒ほどの面影が近づいてきて、目の前の人と重なりました。

「今でも持っています。あの本」

それは、私が投稿していた雑誌の版元が出した、戦地の兵士に送る慰問袋用の小冊子のことでした。

戦地と、銃後と呼ばれた日本内地を結んだ慰問袋の縁で、私はその人と写真のやりとりまでしたのでしょうか？　それとも詩の縁から慰問袋を送ったのでしょうか？　すっかり忘れてしまったそのこと。その短い詩を思い出すことにします。

花

ひかり弾丸(たま)と降れば
一兵の意志もて顔を上げよ。

風に透明な血潮を流し

匂い絶つ日にも
進路そこに展けて
遠いラッパをきく。

花よ、空を突け
美しき力もて。

　この通りであったかどうか、わかりません。花の流す血は透明で済んだかも知れませんが、戦いの進路に、あまりに多くの人間が血を流してしまった第二次世界大戦。その川の向こう岸に私の幼年があり、こちら側に終戦後の歳月がひらけ、ちょうど戦争に架かる橋を渡る、その時期に私のいちばん若かった日、があるのでした。
　ふたりが逢う、それまでのたくさんな起伏。お互い、うしろにいくつかのガイコツをガチガチ鳴らしていても不思議のない過去を遠くしりぞけ合って、ほんのわずか話をかわし、また逢う機会もあまりなさそうなことを感じ合いながら、ごく普通の挨拶で別れました。日常とはこうしたものなのでしょう。なつかしくもない詩と戦争のエピソードです。
　ずいぶん生きてきた、と思いました。この先、ほんとうにひとりぼっちの老年が私をおとずれたとき、詩は私をなぐさめてくれるでしょうか？　冗談ではない、という、もうひとつの声が私をたたきます。そんな甘ったるいのが詩であるなら、お砂糖でもナメテオケ。

持続と詩

どういう姿勢で——詩を書いているのか、というのが私への問いかけです。鳥が首をかしげるように、私は私の中の声に耳をかたむけてみました。

「ラクナシセイ、ゴク、ラクナシセイ」

私はうなずき、無理な姿勢だったら、何十年もへたな詩を書き続けてこれるものではなかった、と納得しました。

ではラクにどうしてきたか、とたしかめると、

「バカミタイ、バカミタイ」

と九官鳥のような、たどたどしい答えが返ってきて、思わず吹き出してしまいました。どうひいき目に見ても、賢い処世ではなかった、と。

私はいつも、先の方に希望というものを見付け出せなかったので、目先のことにとらわれ、わずかな過去に根を張り、その範囲で心かたむけて暮らしてきました。私の願ったものはまわりの者のしあわせであり（これは逆に不幸をもたらし勝ちだったけれど）、無事

に、どうしたら皆が食べて行けるか、ということであり、戦争があれば火の中を夢中でくぐりぬけることでした。

食糧がなくなれば、持てるだけの物を背負いに遠く出かけてゆき、平和になればもう戦争が起こらないようにと祈り、どうか家族が傷つくことなく生命をまっとうしてほしいと思う。勤めに行けば、何とかつつがなく仕事を済ませようと励み、夕方終われば、皆に少しでもおいしいものを食べさせたい、と百貨店の食品売り場を歩く。一方、腹が立てばいさかい。愚痴やあやまちもどっさり。せめてこれ以上悪いことがありませんように、と小心に、びくびくしながら眠る。

その片手間というのではなく、そのこととわかち難く、詩や文章を書きつづってきました。で、私の詩を書く姿勢は、私の暮らし方の姿勢であり、文学への理想も、詩への目標も単独にはありえない、つづり方練習生にすぎません。

女としては結婚せず、まして母ともならず、銀行員としての長い月日、昇格といった点から見ると、最低の線を人後に落ちて歩いてきました。気が付いたら、そろそろ定年が近くなっている、というのに。

手に持てる何ものもなければ
この身まずしき菊の
花を捧げむ葉を捨てむ
大空に満ちわたる美しき歌声の
そのひと節を求むれば。

これは少女期に書いた私の短章ですが。花が持ち得ない言葉、声に対する悲願。無いものねだり。四十歳をはるかに越して、手に持てる何ものもないのは、昔も今も同じということになります。

バカミタイ、という言葉の説明がこれでついたことにして。

ラクな姿勢、ということに移ると。子供が友だちを選ぶように、私は読むこと、書くことと仲よくしました。なぜそうなったのか、あまり自然で覚えていません。私の性情が無心にそれをしたかったのだろうと思います。詩には小学生のころからひかれ、見よう見まねで書きましたけれど。図書館で手当たり次第にひらいた詩集は、読んでも読んでも決して面白いものではありませんでした。

最近私は詩の実用性、などとへんなことを言ったりするのですが。その面白くなかった詩の中に、応用のきくもの、自分に合った、自分の心が育ってゆくのに都合の良い何か、をどっさり感じとって、飽きるということがなかったのだと思います。

そうして目的もなしに書きつづってきた詩が、結果として私の集計、私の目的だったような形をして前に置かれました。それがこんど出した、わずか二冊目の詩集『表札など』です。

私にとって詩は自身との語らい。ひとに対する語りかけ。読んでもらいたいばかりに一冊にまとめたのですけれど、みとめてもらえるというようなことは勘定外でした。詩が私を教育し、私に約束してくれたことがあったとすれば、書いても将来、何の栄達も報酬もないということ。も少し別の言いかたをゆるしてもらえるなら、世間的な名誉とか、市場価格にあまり左右されない人間の形成に、最低役立つだろう、ということでした。その点では、詩は実用的ではありません。その非実用性の中に、私にとっての実用性をみとめたのでした。

いつか書店でパラパラと詩の本をめくっていたら、「詩による社会変革は可能か、不可能か」というアンケートの設問がとびこんできました。私はとっさに、可能でないならつまらない、とひとりで答えてしまい、あと、だれがどのように答えているか、読みそびれましたが、ひとつの変革、次の展望、新しい生命、価値観の転換、その方法、手段などに、表立つことなく何らかの形で加わる力がないならば、目を洗う、というちいさなことすら、詩がなしとげることはできないのではないでしょうか。

自分の詩を棚に上げて考えたことです。

生活の中の詩

あるとき組合団体の催しで、三岸節子さんと菅野圭介さんをまねいて、座談会を開いたことがあった。菅野さんはとうに亡くなられたから、この話はだいぶ古い。

波が記憶をさらって行ったあとに、言葉がひとつ残されていた。この言葉を物の形で表わしてみる。たとえば絵に画くとどうなるのだろう？　波間に岩がひとつ首を出している（たぶんこれは、絵にはなるまい）絵にならないとしても、私はそのイメージの岩に腰かけて釣り糸をたれることが出来る。するといつも何がしかの手応えがある。アレ、またひっかかった、というものだ。

この話を具体的に書き直すと。

丸の内に働く者たちが一夕、著名な絵かきさんを招いてその話に耳を傾けた。席上ひとりの男性がたずねた。

「しかし、何ですねえ、僕ら一流の大学を出て、知識も教養もある者が見て、わからない絵、というものの値打ち、はどういうものなんでしょう？」

「それは、絵に対する教養があなたにおありにならないのです」

答えは三岸さん。言われてみれば明解至極なことに感心した。問題は私の側にあったのかも知れない。

良い大学を出れば、絵に対しても万能であろうという発想。謙虚を裏返しにして、座ぶとんの上にあぐらをかいたような姿勢。好意的に言えば、無邪気なまでの自信。その自信を育てている環境。

けれどそのことを私が指摘するのは、まだ少し早い。学歴に対応する何かを持つまでは身をこごめ、そういう世間に向かって、つつましくしている必要がある。とにかく内面をもっと充実してからでなければまずい。これは学歴なしの私の保身？　悪くいえば長いものにはまかれる姿勢。まかれる力しかない弱者の身すぎ世すぎ。

そこではじめに戻ると、私はそういう世間から休暇をとり、気晴しにあの岩へ釣りに行く、という寸法になる。またひっかかった、という手応えは「オレにわからぬ○○が……」ということなのだ。ひっかかっても、この魚は食えない。

三岸さんの話と関係はないけれど、私のこんど出した詩集『表札など』の中に次のようなのがある。

落語

世間には
しあわせを売る男、がいたり
お買いなさい夢を、などと唄う女がいたりします。

商売には新味が大切
お前さんひとつ、苦労を売りに行っておいで
きっと儲かる。
じゃ行こうか、と私は
古い荷車に
先祖代々の墓石を一山
死んだ姉妹のラブ・レターまで積み上げて。

さあいらっしゃい、お客さん
どれをとっても

株を買うより確実だ、
かなしみは倍になる
つらさも倍になる
これは親族という丈夫な紐
ひと振りふると子が生まれ
ふた振りで孫が生まれる。
やっと一人がくつろぐだけの
この座布団も中味は石
三年すわれば白髪になろう、
買わないか？

金の値打ち
品物の値打ち
卒業証書の値打ち
どうしてこの界隈（かいわい）では
そんな物ばかりがハバをきかすのか。

無形文化財などと
きいた風なことをぬかす土地柄で
貧乏のネウチ
溜息のネウチ
野心を持たない人間のネウチが
どうして高値を呼ばないのか。

四畳半に六人暮す家族がいれば
涙の蔵が七つ建つ。

うそだというなら
その涙の蔵からひいてきた
小豆は赤い血のつぶつぶ。
この汁粉、飲まないか？
一杯十円、

寒いよ今夜は、
お客さん。
どうしても買わないなら
私が一杯、
ではもう一杯。

あなたはなぜ生活を詩に書くのか、と言われる。なぜって、そんなこと知らない、と答えるのが一番正直だと思う。正直であっても親切にはならない。話は違うけれど、詩人の田村隆一さんが「僕らは、生まれてから日本語を習ったのじゃない。日本語の中で生まれてしまったのだ」と言われた。これも、一度聞いて忘れることの出来ない言葉を、講演会で頂戴してきたのだけれど。

この素晴しい意味を棚上げにして、論法だけを拝借すると、私の詩は生活を書こうとしたのじゃない。生活の中から生まれちゃったのだ、ということになる。

生活的という言葉の印象は、どうして何がしかの貧しさにつながるのだろう。芸術的という言葉の感じが、なぜ、あるぜいたくさを連想させるのだろう。もし私がゆたかな生活を詩に書いたら、それは生活をうたった、とは言われなくなるだろうか？

たとえば生活的、とひとこと言われたって、感じることは言葉と共に、この程度の伸び方はする。けれど、詩にしようと思って、詩のために生活を考えるゆとりは私にない。ということは、やはり貧しさにつながり、貧しさは生活につながってしまう、というわけか？　私に言えるのは詩を書く行為が、特別なものではないということ。

小学生のころから、詩にひかれ、しゃにむに面白くもない詩を読み、自分でも下手な詩を書き続けてきた。その、詩に対する希望は？　と聞かれても、やはりそれらしい返事が出来ない。詩に対する希望が別個にあるのではなく、実生活面での願いごとや祈りとより合わされていてわかちがたい。それで「自分の書いてしまった詩が、実用的であったらどんなによいだろう」などと答えてしまう。

実用、というと、生活と同じように、言葉にひとつの相場があって。このイメージも現在のところ高級でない。デパートでいうと特選売場には並んでいないものになる。けれどゾリンゲンの鋏（はさみ）なら、いまのところ香水と並ぶのだ。ゲイジュツも、生活に役立つ具体的な機能をそなえることをおそれる必要はないと思う。具体的という言葉は、これまたどうして高い調子を持ち合わせてくれないのだろう。ムガクな私が、生活・実用・具体などと書くと、書いている間に穴が出来、自分が落ちこんで頭からスッポリ埋められそうな危険を感じる。

私は生活をもっとゆたかで、ぜいたくなものにしたい。出来れば芸術的と言われるほどのものにしたい。一流の大学を出て……と言わせるような、貧相な人間の背景を変えたい。詩がタダで食べられる山海の珍味であるとよい。見えなかったものが見える眼鏡であるとよい。それまでは残念ながら生活詩を書き続けることになるだろう。

仕事

去年の夏、名古屋のテレビ局が企画したドキュメンタリー番組に詩を書くように言われ、スタッフと一緒になって動きまわっていたとき、若いディレクターが「月給じゃできませんね」と笑ったのが印象的でした。夜も昼もなく仕事に打ち込んでいるのを見て、私が何かいったときの答えです。彼らは四日市で〝いのち〟がどんな扱いを受けているか、写して見せたかったのです。

もちろん月給がなければできない。満足できる月給ではとうていない。けれど月給だけじゃ、と言えるところに来ている。もし私たちの国が前よりゆたかになったとしたら、はっきり言えるのはその部分だけのような気がしました。あとの部分は氾濫だったり、余剰だったり。

私はながいこと、月給だけのために働いてきました。繁栄の下にひろがる貧しさの深い根。地位と収入が目的で精出してきた公害企業側重役も多かろうと思います。

この二様の仕事ぶり。二つの層がどこで行き違うのでしょうか。その接点にいつかしるしをつけてみたいと思いました。
　ひとつの町ひと夏の記録「あやまち」が放映されたあと、私の手もとにはなおいくつかの詩篇が残りました。

貝

女の先生が
四日市の小学校にはじめて赴任した日、
海辺で貝を拾うと
子供がいいました。
先生
その貝はとても食べられないよ。

先生は
教えられることから
はじめなければなりませんでした。

立札

高圧ガス管がうまっています
異常があったらデンワを下さい。

人家の塀にはられた合成ゴム会社の木の札
矢印の左の方向に歩いて行ったら
遊園地がありました。
異常があるまで遊んでいてほんとうにいいのでしょうか？

乳母車

子供を乗せた乳母車
孫を乗せた乳母車
みんな大きくなりました。

四日市ではよく見かける
籐で編んだ底の深い
古いかたちの乳母車。
おばあさんが
誰も乗っていない
空の乳母車を押してゆきます。
最後に残された
自分の重みをはこんでゆきます。

ふたり

天と地を支える　四本の柱
陽焦けした　天使の足です。

クサイ仕事

クサイ町で
クサイものをかがないという
ほうはない。
これはクサイ
たしかにクサイ
とてもクサイ
クサイ人間がいる
クサイ人間のしたクサイ仕事の臭いだ。
煙突を見ていても駄目だ
ほんとうにクサイのは人間だ。
クサクない仕事をする人間もいる。
ここにいないだけだ。

長い

四日市の
長い橋だ
長い堤防だ
長いパイプだ
長いタンク車だ
長い水平線の上の
長いタンカーの腹だ
少女があえぐ
長い夜だ
苦しみ続ける夜明けまでの長い長い道だ。

お酒かかえて

大正期、詩誌『民衆』を創刊した福田正夫氏は私の先生ですが、斗酒なお辞せず、酔って電車の線路に大の字に寝た、などという思い出話をされました。むかしは線路にもその程度の安全性があったことがわかります。

私は、先生のお話ならたとえ酔っぱらいの話でも有難く、詩のお話を聞くのと同じくらいの真剣さで耳をかたむけておりました。そんなわけで、話はなさいましたがお酒を教えるには少女でありすぎたのでしょう。昭和十年代、先生の酒量がずっと落ちていたのも事実で、もっぱら詩についてだけ指導して下さいました。忘れることのできない恩人です。

ひるは会社勤め、夜のわずかな時間を自分のしたいことに当てるわけですが、夜更けまで机に向かったあとは、翌朝の出勤にそなえて、最低ねむらなければならない時間がありますぎりぎりまで起きていて、すぐ寝つくための処方上、お酒にたよることを知りました。これは歳月の教えかと思われます。覚えたのはお酒の味ではなく効用のほう。酔いの路線に横たわれば、身体は軽くあくる日へと運ばれるもののようです。夜半の三時ともなればこのくらい飲まなければだめだろうと、そそいだコップのウイスキーを飲み忘れたまま、いつか寝入って「朝みると残っていたりするの」と言ったら、異性の詩人がウウムとうなって「いいねえ、実に愉快だねえ」。私には何が、どうしていいのであり、ユカイなのか判じ難いのですが、一人暮しの無残な女の明け方に、あきれては気の毒だと、思いやっての言葉かもわかりません。

親兄弟もろくに飲めないタチの家に育ってお正月のトソを飲みすぎる、とたしなめられた日からどのくらいたったでしょう。

物を書けと言われて、あらいや、などと女らしい言葉づかいをする事はまずありませんが、酒之友社からのさそいに「いったい誰が告げたのでしょう」と恨みがましくひとりごとを申しました。いやねえ。

でもさびしい私の台所のすみに、自分で買った安いお酒がたいていは一本置いてあります。いまは、親切な女友達が持ってきてくれた高いお酒がもう一本。

福田先生、私はいまでもそう呼びかけます。小田原にある先生のお墓はなつかしい場所なのですが。いつからでしょう、年に一回、昔お世話になった弟子どもが相つどい、お参りに伺います。

東海道線で小田原から西へひとつ先の早川という駅で降りると、ちょうど真裏の山側にある久翁寺（きゅうおうじ）は、寺の陰気さが無い、サッパリと明るい寺です。そこに天然のちいさい根（ね）府川（ぶかわ）石を使った福田家のお墓が建っています。損得ぬきで弟子の面倒を見て下さった先生のお墓に、私がはじめて詣でたのは女性四人ででしたが、それとは別に私の知らない先輩の弟子方がお墓に参っていて、いつか合流することになりました。

　行き始めてから十何年になりましょうか。春が終りに近付くと、今年はいつかな？　と思います。先生が亡くなられたのは昭和二十七年六月二十六日。それで、毎年その日以前の五月か六月の日曜に日が決まります。

　お墓参りに私は初め一合瓶を買って先生に差し上げました。そのあともせいぜい二合か四合瓶ぐらい。けれど時に仲間うちの喜びごとでもあれば一升ということになりました。たいていは晴れていて、早川駅から寺へ行く海辺の町の白い路を、お酒瓶かかえて逢いにゆくうれしさ。

　久翁寺の入口から本堂までの石畳の両脇は大きなつつじの行列で、このつつじの花が咲いているか、境内のみかんの花が咲いているか散ったあとか、で例年のお墓参りの遅速が感じとれます。

　いつか、お墓の草むしりを終え香華の中で皆がかわるがわるお酒をそそぐころ、俗にいう狐の嫁入り、それもお墓の真上だけではないかと思われるほど狭い範囲に、ハラハラと雨が落ちてきて一同びっくりいたしました。東京からだけでなく、関西からも駆けつけてくる人が毎年いるのですが、その遠道を来た人が、ああ先生がおよろこびになられた、とつぶやきました。

ある年は、いつものようにすっかりお掃除し終えて、お線香をどっさり焚いて、お水もたむけて、お酒もたっぷり墓石にかけおえたら、濡れて陽に照らされた石の丸みのてっぺんにちいさいカタツムリがはい上がっていてツノを出し、それが水に浮んだスワンのように気取っているではありませんか。

「まあ！　おいしいものだから」

ほほほ、と福田先生の奥さまが笑いこぼされました。私たち一同もいっしょに笑いました。「おいしいものだから」と言う奥さまの言葉の中に、先生がおいしいお酒を好まれたことへのいたわりのようなものが感じられて、私はカタツムリの姿のように胸をふくらませてしまいました。

今年は五月二十三日にします、といつか世話をやくのはその人、と落ち着くところへ落ちついてしまったような世話人から、短い便りが先日届きました。時間は十二時、久翁寺。誰と誰がくるとも、何とも書いてありません。これる人がくればいいのです。私もそのときの財布と相談してお酒を一本さげてまいります。「先生、きました！」

福田正夫

私は男をあまり知らない。どうもよくわからない。

海よいうてはなりませぬ
空もだまっていますゆえ

若い日、そんな書き出しの短い詩を書いた。男と女を海と空に置き替え、限りなく遠ざかる水平線のような関係を想定した。わかるって、どういうことだろう？

一方、綱引きの紅白合戦に似て、男が力まかせに引く綱に、ザザッと引き倒されて、軽く腰を浮かせてしまう、残念無念な女性群像も次第に見えてきた。降参した時点で、選ばれた女性が相手方の陣営に招かれて行く。

良俗、秩序の塹壕に隠された男の砲列は、音もない威嚇発射をつづけ、戦闘は今日にいたっている。何という血なまぐさい間柄であろう。

私は捕虜の光栄にも浴さず、戦士のようにたおれて抱き起されることもなく年をとった。男を語る資格がない。

福田正夫は少女期師事した、詩の先達である。いま名を聞いて思い当たる人の数は少ないに違いない。そういうお前、石垣りんも知らないネ、といわれそうである。いよいよもって語りにくい。それに加え、男としてのみか、福田正夫の業績についてさえ、私がどれだけ知り得ているか。最近発行された近代詩のアンソロジーから一篇を紹介する。

「田舎は青ざめてゐる／輝いてる陽ですらうつたうしく／農民の心をおびやかし／また豊作すぎて米が安すぎはしないか／旱(ひでり)で田がひわれはしないかと／心もとなくうつむいて考へる」

「地租は高い／息子は兵隊に取られる／次男は都会(みやこ)にあこがれて行つてしまふ／田舎の空気は寂しく荒れ／土は廃頽の匂いに痩せて来た」

「森は伐られ／川水は涸れる／田舎の村々、路々／青ざめた呻吟が／どこからかひびいて来る」

大正期の農村を題材とした「青ざめた田舎」という詩である。第一詩集「農民の言葉」が出版されたのは大正五年であったが、私はまだ生まれていない。

私を含む何人かの女性が、福田正夫の指導でわずか十頁ほどの同人雑誌「断層」を創刊したのが昭和十三年十一月。私は銀行で働きながら、物書くことに余念のない文学少女のはしくれだった。

投書雑誌のメニュー？　短歌、俳句、詩、随筆、創作、童話、送れるものは片っぱしから投書する、という気の多い私の前に、福田正夫は詩の選者としてあらわれた。年譜をくれば齢四十五歳。よくも少女を相手に、あのように熱心に詩論、方法論など語りきかせてくれたものだ、と追懐する。後年、君は福田さんのわるいとこ、自然主義の冗漫なところを受け継いでいるヨ、などといわれた私は不肖の弟子であり、師も私を引き合いにされるような欠点の故か、生前の、しかもその若い日の盛名ほどパッとしない。

＊

私の手もとに福田正夫「追想と資料」という、一九七二年に発行された小田原市立図書館編著になる小冊子と、同年五月に市の郷土文化館で開催された、福田正夫資料展の目録がある。目録には郷土の生んだ民衆詩人、と印刷してある。

略年譜から拾うと、明治二十六年生まれ。神奈川県立師範学校卒、高等師範中退。大正五年分教場教師、同十年思想問題で辞職。その間、大正七年に雑誌「民衆」を創刊。白鳥省吾らと民衆詩運動を推進、とある。

小田原の城趾公園に、これも小田原の生んだ詩人北村透谷の碑に隣り合って「民衆」の詩碑が建っている。碑は、昭和二十七年六月五十九歳で死去のあと、三十三年秋に除幕された。

「追想と資料」のはじめに、図書館長が〝しかし、中央詩壇において、あるいはその後の出版物などにおいて、福田正夫の業績や、作品のかえりみられることがたいへん少ないように見受けられる〟のが極めて残念、と書いているが、現在年配者で、戦時中歌われた古関裕而作曲の「愛国の花」の作詞者が福田正夫だといったら、案外に気が付く人も多いのではないか。

真白き富士のけだかさを
心の強い楯として

という歌い出しの国民歌謡である。あれがコロムビアレコードから発売されたのが昭和十三年で「日本の女流詩人は何してるんだ、女の歌を男に書いてもらうようじゃあ、しょうがないなあ」といわれたのを思い出す。私は十八歳で、そのころから戦争が激化するまでの五、六年を福田正夫のもとに通った。だが大正末期に長篇叙事詩「高原の処女」「嘆きの孔雀」が映画化され、後者の主役が栗島すみ子だった、というような、はなやかな一時期はとうに去っていた。

私たち「断層」の在京同人は、毎月世田谷区大原にあった家を訪れ、詩の指導、詩誌発行に力をかしてもらったが、ほとんど謝礼もせず、世話になるばかりだった。一度そのことにふれると「なあに、君たちが次にくる人にしてやれば、それでいいんだよ」という答えが返ってきた。同人誌の編集などを終えると、二階の居間から畳に顔をあて「かあちゃんや、ごはん」と大声をあげたりした。

畳一枚下は地獄といっては大げさだろうが、どれほどのやりくりをして客をもてなす家であったか、私たちは知るよしもなく、おだやかな夫人の笑顔にやさしさはあっても、つらさの影をみることはなかった。

空襲で焼け出されて、戦後移り住んだ下北沢が終焉の地になるのだが、狭い二間きりの平屋に、暮しに困ったある詩人の未亡人が福田正夫をたよって行ったという。その折のことを、居合わせた弟子の一人が後日私に語った。「先生はその時、葉書一枚買う余裕が無かったんですよ。僕は給料の中から十円持参したんだ、僕だって苦しかった。それを右から左にその未亡人にやっちゃったんだ」と嘆いた。

この話は思い出の総量を納めた柩の、最後に打たれた石の音ほどに私の心を打った。家族の困窮をよそに、なんという家長の行為だろう。どちらかといえばあきれるほどの話が、なぜ私を打つのか。立派なこと、偉大なこととしてではない。かなしみにおいて、その痛みにおいて心を打たれる。

＊

福田正夫を追想する人々が、その作品について語るより人間を語ることが多いのを、私は師にとって不名誉と思っていない。まだ肩上げもとれない少女を相手にしてさえ、どれほどの情熱をこめ、詩について語ったか。

学歴で、財産で、家柄で、人は見くびりあうことが多い。不幸なことに、それらを持ち合わせない人によっても、他者へのものさしとなっている。勤労者としての四十年間、私はそのことを身にしみて味わった。

若い日、ひたむきな心で通った一軒の二階家。その家の玄関の戸を開けたとき、細く長く私は詩の方へとみちびかれて行った。そこで私は何ひとつ侮られることはなかった。それが福田正夫の他者を前にした、日常の態度だった。

「一つの列車が／わつと魂ぎる（たまぎる）やうに万歳をわめきながら／西伯利亜（シベリア）出征の兵士をのせて／通過して行く瞬間――」

「窓から争ふやうにふるハンケチ／沿道の人々は呆然として見送る／一人の老いた車夫だけが／万歳と叫んだ、帽子をふつた」

「私の魂はまづ驚く／何んといふ悲壮だ／まるでやけのやうに呼ばはる彼らの叫喚／死に

に行くのだ、死にに行くのだ／なんといふ国民的の悲劇だ」

「私は自(おのづか)ら流れて来る感激に／思はずも愴然として栗だち／ついで来たものは満眼の涙であつた／ああ卿等(きみら)よ、私は万歳を叫ぶにはあまりに凡てを知りすぎてゐる／許せ、私は涙を以て卿等を送る」

「一つの列車とハンケチ」という題名の詩である。シベリア出征兵士を送るとき、すべてを知って万歳と叫ぶことが出来なかったにもかかわらず、この天真な社会派詩人も、やがて第二次大戦においては天皇に帰一する方向をたどり、御稜威(みいつ)を歌い、言霊(ことだま)を語り、私はその後に従った。

戦争が終わり、長男が復員してきたあと、仮寓で軍医の次男が戻ってくる足音に、夜ごと耳を澄ませていたという夫妻を思う。この時、日本中のどれだけの家々で「帰ってくる足音」に耳を澄ませていたろう。ルソン島で戦死、の公報は翌二十一年十二月に届き、あきらめきれぬ思いで空の骨箱を埋めた、ときく。

その墓所、東海道線の小田原駅を西へひとつ、早川で下りて駅の真裏のあたり。山側にある久翁寺に、初夏の一日を選んで、もう何年となく弟子たちが墓参を重ねている。昨年の六月に行って驚いたのは、境内のみかん畑だったところに、敷地八百七十六平方メートル鉄筋コンクリート四階建の養護老人ホームが開設されていたことである。あのみかんはおいしかったなあ、と甘酸っぱい思いで白い建物をあおいだ。

寺の本堂の屋根すれすれに新幹線が突っ走る。その轟音にゆすぶられて驚いたのも、ホームの洗濯室で見たオムツの大きさに目を伏せたのも、久翁寺においてだった。

あまりに現世的な二つのものの板ばさみになった墓地は、いつ行ってみても妙に明るい。みずから書いたという墓碑銘は、福田家とのみあって、自身の名もとどめていない。「なあに、これでいいのさ」という、生前の声を聞く心地である。

銀行員の詩集

いつか、鶯谷の古いちいさな飲み屋さんで、詩を書く仲間五、六人と盃を傾けていたとき、ひとりが前におかれたスズメの唐揚げをつまんで「僕はねえ、これを食べる時、どうしても壺井さんのアタマを思い出しちゃうんだなあ」というのに、私は思わず笑ってしまった。

ホントだ。そんなあいづちを打ちながら私も頭ごと一羽食べてしまった。似ていようと、かじってしまおうと、先生が健在である限り、それは親愛感のようなもので、心に痛みの残ることではなかった。

多くの人は、顔や頭髪の中に頭蓋骨をかくし持っているのに、先生は頭蓋骨に目鼻をつけていられた。よくわからないけれど、それは先生の生き方と関係のあることではないか、と思われもした。

骨格を飾るものは、世間に対してほんの薄い皮一枚という無頓着さで、ご自分を見せてしまっていた、そんな気がする。

たまにお目にかかると、仲の良い友だちにでもあったような笑顔で語りかけて下さった。そんな内輪のことを、伺ってしまっていいのかしら、と思うようなことを、トツトツと話されたり、した。

一九五一年、これは私が所属していた全国銀行従業員組合連合会が『銀行員の詩集』をはじめて発行した年だけれど、そのときの選者が壺井繁治・大木惇夫両氏となっている。大木氏にお目にかかったことはないけれど、壺井さんは職場の文化部の催しなどに出席されたので、戦前の『中央公論』などで詩を読んだことのある選者を間近にして、ごく自然に先生、と呼ばせていただいた。

「銀行員の詩集の選者を引き受けたのはいいけれど」と言って、壺井先生は目をまるくし、「目方で量ったほうがいいくらい原稿を持ちこまれた」とこんどは目をしばたたき、うすい唇の先をちょっととがらせたようにすぼめたあとは、低い声で大笑いされた。

このことは、あと一度ならず話題にされたから、よほど骨の折れる仕事だったに違いない。その中に私の何篇かも目方として含まれていた。私はその重みほどの掌を先生のいまはない肩において、お礼と、別れの挨拶を申し上げたいと思う。

詩を書くことと、生きること

1

小学生の時から、見よう見真似(みまね)で、詩を書きはじめました。綴り方の時間に作文を書くのはたのしいことでしたが。それとは別に、散文とは違った形の表現方法、短歌とか、俳句とか、そのころではまだなじみの薄い、詩の形のあることが、私をひきつけました。勝手に教科書以外の、幼年雑誌、少女雑誌を読みあさって、四百字詰原稿用紙、って、どれをいうのだろう、と首をかしげながら、投書規定などを見て、投稿することを覚えました。書きながら、読みながら、出しながら、書きながら、この行為のごく自然なくり返し、いとなみ――。

家は、子供を働きに出さなければならないほど生活に困っておりませんでしたが。母が私の四歳のとき亡くなり、次の母も、やがてまた次の母も死ぬ、というような、少し複雑だった家族関係の中で「母親のないのが、お前のビンボウ」と里方の祖母が、よく私の顔をのぞいてさみしく笑ったものでしたが。その貧乏がもたらした、もろもろの情感は、まけ惜しみではありますが、私にとって、充分豊富なものでした。

私は早く社会に出て、働き、そこで得たお金によって、自分のしたい、と思うことをしたい、と思いました。で、学校を出なかったのは自分の責任で、誰を恨む資格もありません。

高等小学校二年生は、だいたい翌年、働きに出るため、職業紹介所の人が、生徒の希望を聞きながら面接に来たものですが。私は「店員」と答えました。上級の優等生がデパートの食堂に勤めて、白いエプロンのうしろを大きな蝶結びにしているのが、とても立派でしたから。

すると若い担当員は、じっ、と私の目を見て「むつかしいよ」と言いました。昭和九年、少女にとってさえ、深刻な就職難の時代でした。私は二つの銀行に振り向けられ、そのひとつに入社いたしました。それ以来三十年余り。今日まで、同じ所で働いています。

余談になりますけれど。はじめて月給をもらったとき、唇から笑いがこぼれてしまって、とてもはずかしかったのを思い出します。皆スマシテいましたから。いま思えば、この時、私と同じようにお金も笑いこぼれていなければならないのでした。なぜなら、私はこのお金で自由が得られると考えたのですが、お金を得るために渡す自由の分量を、知らずにいたのですから。

とにかく、その辺を社会の出発点といたしました。数え年十五歳の春でした。つとめする身はうれしい、読みたい本も求め得られるから。そんな意味の歌を書いて、少女雑誌に載せてもらったりしました。とても張り合いのあることでした。

と同時に、ああ男でなくて良かった、と思いました。女はエラクならなくてすむ。子供心にそう思いました。

エラクならなければならないのは、ずいぶん面倒でつまらないことだ、と思ったのです。愚か、といえば、これほど単純で愚かなことはありません。

けれど、未熟な心で直感的に感じた、その思いは、一生を串ざしにして私を支えてきた、背骨のようでもあります。バカの背骨です。

エラクなるための努力は何ひとつしませんでした。自慢しているのではありません。事実だっただけです。機械的に働く以外は、好きなことだけに打ちこみました。

その後、第二次世界大戦がはじまり、敗戦を迎えるのですが。

戦後、女性は解放され、男女同権が唱えられ。結成された労働組合の仕事などもいたしましたが。世間的な地位を得ることだけが最高に幸福なのか、今迄の不当な差別は是非撤回してもらわなければならないけれど。男たちの既に得たものは、ほんとうに、すべてうらやむに足りるものなのか。女のして来たことは、そんなにつまらないことだったのか。という疑いを持ち続けていたので、職場の組合新聞で女性特集号を出すから、と言われたとき、書いたのが次の詩でした。

私の前にある鍋とお釜と燃える火と

それはながい間
私たち女のまえに
いつも置かれてあったもの、

自分の力にかなう
ほどよい大きさの鍋や
お米がぷつぷつとふくらんで
光り出すに都合のいい釜や
劫初からうけつがれた火のほてりの前には
母や、祖母や、またその母たちがいつも居た。

その人たちは
どれほどの愛や誠実の分量を
これらの器物にそそぎ入れたことだろう、
ある時はそれが赤いにんじんだったり
くろい昆布だったり
たたきつぶされた魚だったり

台所では
いつも正確に朝昼晩への用意がなされ
用意のまえにはいつも幾たりかの
あたたかい膝や手が並んでいた。

ああその並ぶべきいくたりかの人がなくて
どうして女がいそいそと炊事など
繰り返せたろう?

それはたゆみないいつくしみ
無意識なまでに日常化した奉仕の姿。

炊事が奇しくも分けられた
女の役目であったのは
不幸なこととは思われない、
そのために知識や、世間での地位が
たちおくれたとしても
おそくはない
私たちの前にあるものは
鍋とお釜と、燃える火と

それらなつかしい器物の前で
お芋や、肉を料理するように
深い思いをこめて
政治や経済や文学も勉強しよう、

それはおごりや栄達のためでなく
全部が
人間のために供せられるように
全部が愛情の対象あって励むように。

2

私はごく自然に、家族の者が扇子に書いた俳句を見て、自分もこしらえたり。本でみた短歌というものが、いくつの字で成り立っているか指でかぞえて、三十一文字に自分も言葉を組立ててみたり。それから、も少し長い詩など書きはじめ、とにかく、そういうことがしたくて、したくて。

そのわがままを通すからには、人にたよらないで暮してゆく道をえらばなければダメだと思って。

学校もいいけれど、きらいな学科も勉強しなければならないし、それに親にたくさんお金を出させなければならないし、といった、わずかないたわりのようなものもあって、働きに出たのですが。

物を書くためには、どれほど修練をつまなければならないか。また、それとは別に、世の中を渡ってゆくには、どれほど資格というものが大切か。日を追って、イヤというほど味わわされる羽目に陥ります。毛並みとか、学校とか、財産などが、大きく物を言う社会で、その、どれひとつも持たない者が、どのように隅へ、隅へ、と片寄せられて行くか。身につまされて、わかったように思います。

働いて三十年余りになるのですが、年をとったのは劣等感、してきたのは仕事ではなくて、がまんだった。などというのは、私のニクマレグチです。

自覚らしい自覚も、選択もなく、向こうが採ってくれた職場で。これもたいそう思いがけない、受け身なかたちで、戦争の渦の中に巻き込まれて行くのでした。

働きながら物を書くのぞみは、十代の終りに同人誌を出すような打ち込みかたをしていましたけれど。十二月八日、宣戦の詔勅をあおいだのが二十一歳でしたか。

物を書くといっても、職場とも社会とも結びつかない、別の場所で精を出していたので、いきおい一人の感情を出なかったのでしょう。日本は神の国、あらひとがみ様のしろしめす不思議の国、そしていくさには負けない国だ、と、教えられたことを、二十歳になっても信じておりました。勝った、勝った、という戦捷（せんしょう）報告のかげで死んでゆく兵隊さんの悲惨より、勇ましさにうたれる、といった単純さでした。同じ書く仲間の中から「病院船」というような看護手記が出されたりしましたけれど。

弟に召集令状が届けられたとき、私は両手をついて「おめでとうございます」と挨拶しました。そういう精神状態だったのです。

話が横みちにはいりますが、出征する弟と二人で田舎の叔母に暇乞(いとまご)いに行ったとき、叔母が弟に「おまえ、決死隊は前へ出ろ、と言われて、はい、なんて、まっ先に出るのではないど」と申しました。私はその言葉の珍しさに驚きました。当時のものさしではかれば非国民の言葉となるのですが、私が聞き捨てたはずのことばを耳が大切にしまっていて、今日でも、何かの暗示のようにとり出して見せるのは、それが、ほんとのひびきを持っていたからだと思われます。私は、権力とか常識のとりこになり、そういう真実の言葉を、いつも持ち得ないで生きているのではないのか？　と時々心配いたします。

東京が空襲され、それが次第に激しくなってきたとき、近づいてくる爆弾の音をはかりながら。世界の中にはスイスという中立国があって、そこでは戦争など行われていないのだという事実を、どれほどうらやましく思ったかわかりません。

現在、なお、その戦争というものにさらされている国があることを考えると、そこには若い日の私のような女性がひとりいて、爆弾の恐怖にさらされながら。日本という国は平和で、とても栄えているのだ、ということを、どう思っているだろう、と考えます。

終戦の年の五月二十五日、東京山の手が空襲され、私の町も家も焼かれてしまいましたが、私は、それを築き上げた父たちが力を落しているそばで、財産などというものがなくなって身軽になったことで、へんに生き生きしていたのを思い出します。若さとは、残酷なものだと思います。

それでも最後には、死ぬよりほかないらしい、と自分に覚悟を強いていた。今から考えられない素直さで、国の指導者のいう通りになっていたことを、忘れるわけにまいりません。人間というものが、とひとくちに言っては申しわけないので、私というものが、どのくらい愚か者であるか。

終戦を境にして、すっかり目をさましたように思ったのも、アテにはならないようです。現在、違った状況のもとで、私はやはり、同じように愚かだろう、と思うからです。

次に、戦後二十年たったとき、職場の新聞が、同じ職場から出た犠牲者の名を掲げ、戦争追悼号をこしらえました。それに載せた私の詩を読みます。

弔詞

職場新聞に掲載された一〇五名の戦没者名簿に寄せて

ここに書かれたひとつの名前から、ひとりの人が立ちあがる。

ああ　あなたでしたね。
あなたも死んだのでしたね。

活字にすれば四つか五つ。その向こうにあるひとつのいのち。悲惨にとじられたひとりの人生。
たとえば海老原寿美子さん。長身で陽気な若い女性。一九四五年三月十日の大空襲に、母親と抱き合って、ドブの中で死んでいた、私の仲間。

あなたはいま、
どのような眠りを、
眠っているだろうか。
そして私はどのように、さめているというのか？

死者の記憶が遠ざかるとき、
同じ速度で、死は私たちに近づく。
戦争が終って二十年。もうここに並んだ死者たちのことを、覚えている人も職場に少
ない。

死者は静かに立ちあがる。
さみしい笑顔で
この紙面から立ち去ろうとしている。忘却の方へ発とうとしている。

私は呼びかける。
西脇さん、
水町さん、
みんな、ここへ戻って下さい。
どのようにして戦争にまきこまれ、
どのようにして
死なねばならなかったか。

語って
下さい。

戦争の記憶が遠ざかるとき、
戦争がまた
私たちに近づく。
そうでなければ良い。

八月十五日。
眠っているのは私たち。
苦しみにさめているのは
あなたたち。
行かないで下さい　皆さん、どうかここに居て下さい。

3

人の一生というような物差ではかると、私もかなり長い間、時をすごしてきたことになりますが、ふり返ってみると、精神はその日暮し、毎日毎日にピッタリ向き合うことで思いを満たし、口を養って来たような気がします。
若い日に感じた自分への問いかけ、それを書いた詩に、次のようなのがあります。

人間という　不可思議なものの
まことに何であるかも知らず
すべての生きものにならい　母になる
それでよいのか、と心に問えど
答えのあろうはずもなく
日毎夜毎　子守唄のごと
　りすはりすを生み
　蛇は蛇を生む　とくちずさむ
さらばよし　母にならむか
おろそかならず　こころにいらえもなくて――。

（「この光あふれる中から」より）

そんなつまらないことを言っているから、ダメなんだ、と友達が匙を投げたように笑いましたけど、ほんとに、私もおかしく思います。これはいつまでたったって、答えが出てくることではありません。

結婚もしないで、上級学校へも行かないで、肩上げのとれない時に就職した銀行で、じっと居据ったまま、うかうかしていると、やがて定年ということになってまいります。

横道にそれますが、私が丸の内の銀行にはいったのが昭和九年。そのころは通勤電車に乗っても、女性がいまほど数多く乗ってはいなくて、職業を持つ婦人の地位は、今よりももっと低く、働くことがひとつの引け目になりかねないような、風向きさえありました。

最近、同じ丸の内を歩くと、昼休み時など、髪の毛の白くなりかかっているような、働く婦人とすれ違うことが、こころなしか多くなりました。すると、その婦人ひとりが年をとった、というふうには見えないで、ああ職業婦人の歴史が年をとって来た、と思います。

私が就職したとき、象牙の印鑑を一本九十銭で、親に買ってもらいましたが、毎日出勤簿に判を捺している間に、白い象牙がすっかり朱色に染まりました。この間、印鑑入れを買いに行きましたら、これも年配の古い店員さんが「ずいぶん働いたハンコですね」と、やさしく笑いました。お互にネ、という風に私には聞こえました。

それにしても、一本のハンコが朱に染まるまで、何をしていたのかときかれても、人前に、これといって差し出すものは何ひとつありません。

一生の貯えというようなものも、地位も、まして美しさも、ありません。わずかに書いた詩集が、いまのところ二冊あるだけです。綴り方のような詩です。

ほんとに、見かけはあたりまえに近く、その実、私は白痴なのではないかとさえ、思うことがあります。ただ生きて、働いて、物を少し書きました。それっきりです。

そのせいか、働かないと、書くことも思い浮かばない、といった習性のようなものが、私の身についたのではないか、と案じられます。そして、物を考えているのは私の場合、頭だろうか？　手だの足だので感じたり、考えたりしているのではないだろうか？

たずねても、手や足は黙っているからわかりません。

そしてとにかく詩は、私の内面のリズムであり、思いの行列であり、生活に対する創意工夫であり、祈りのかたちであり、私の方法による、もうひとつの日常語。唖の子が言い難いことを言おうとする、もどかしさにも似た、精いっぱいのつたない伝達方式でもあります。

そういうものではありますが。詩を求めて、詩のために、詩を書いているのではないので、明日、たとえ書かなくとも、あるいはまったく違うかたちに生まれ変ろうと、かまわない筈だと、思っています。

家庭には家庭のしがらみ、職場には職場の忍従。たくさんのがまんで成り立っている日々の暮しの中で、たったひとつ、どうしてもしたかったこと。もとより、わがままな所業でありました。詩でさえ、それが制約であるなら、とらわれないようにしたいものだ、と思っています。

ただ、長いあいだ言葉の中で生きてきて、このごろ驚くのは、その素晴しさです。うまく言えませんけれど、これはひとつの富だと思います。人を限りないゆたかさへさそう力を持つもので、いいあんばいに言葉は、私有財産ではありません——。権利金を払わなければ、私が「私」という言葉を使えない。といったことのない、とてもいいものだと思います。

また、領土のようだ、とも思います。いつか詩を書く人々四、五人で話していたとき、日本は生活がたいへんだけど、南のどことかへ行くと、バリカン一丁使いこなせれば食べてゆけるそうだ、という話になり、話していた人が、突然私に向き直って、「ね、いっしょに行こうじゃないですか」と笑いました。私はさそわれたうれしさで、「ええ行きましょう」と答えました。

あとで、生活が食べることだけだったらそれですむけれど、心の中にある口、そのひもじさはどうやって満たすのだろう、言葉の違う場所で、と考えました。私はそこで、それから習いおぼえる貧しい言葉で、生きてゆくことは出来ないだろうと思いました。私のふるさとは、戦争の道具になったり、利権の対象になる土地ではなく、日本の言葉だと、はっきり言うつもりです。

そして人生、はじめに申し上げましたように、いまだにわからない、そのことについて語るとなれば、私の言葉、私の語りかけとしての詩を聞いていただくほか、思いつくことは何もありません。

くらし

食わずには生きてゆけない。
メシを
野菜を
肉を
空気を
光を
水を

親を
きょうだいを
師を
金もこころも
食わずには生きてこれなかった。
ふくれた腹をかかえ
口をぬぐえば
台所に散らばっている
にんじんのしっぽ
鳥の骨
父のはらわた
四十の日暮れ
私の目にはじめてあふれる獣の涙。

Ⅳ 齢を重ねる

終着駅

いちにちの勤めを終えて家へ帰る、その途中、毎日といってもよいほど喫茶店に通った。格別にコーヒーが好きなわけでもなく、自分を解放するわずかな時間が欲しかったのである。

職場が丸の内にあるから、帰りがけに立ち寄るのは東京駅近辺、というより便利な駅構内に限られた。

駅は未完であるらしく、戦後年中あちこちと工事を進めている。いつもコーヒーを飲みにゆく店が、そのため何回場所を変えたか、と指を折ってみる。私自身の歳月を思い返すのと重なってしまう。私の自由時間は喫茶店といっしょに移動してきた。

戦前から銀行で働いてきたけれど、人の上に立ったことがないので、多少むだな出費であっても、コーヒー代を支払う義務以外にはしばられることのないところに行くのが最近十年来の喜びだったのである。私のわずかな詩のいくつかもここで書いた。

喫茶店のガラス窓越しに季節が動く。修学旅行、団体旅行、デモ、帰省客の切符買い行列。おおかたが通り過ぎてゆく旅人の中で、過ぎて行かない店員さんたちとは、口をきかなくとも顔なじみであり、本屋さんは、買っても買わなくても立ち止まらないと気が済まないような、なつかしい場所である。そうしてもうひとつ別の責任と義務が生じる家へはまっすぐに戻らず、夕方から夜のひとときを浮浪した。

こんどその丸の内暮しに定年という終点がきた。思えば私も旅人だったのである。同じ通勤路ながら、似た風景の別の時間を通過していたことになる。

私の構内浮浪仲間、と勝手に呼んでよいかどうかわからないが、ひとりの乞食のような風体の女性がいる。ひどいボロを着て年齢不詳。彼女のことが気になり出したのはいつからだろう。あわれむ資格など私にはなかったものの、収入や生活状態を案じる気持はかすかにある。

いつか宴会でおそくなった晩、もらってきたチョコレートがあったので、はじめて「食べない？」と話しかけた。はげしい仕草で首を左右に振った。私は失礼なことをしてしまったと思った。

寒い日暮れ時、彼女は持てるだけの汚い荷を両手にぶらさげ、前こごみの姿勢で、見れば白い粉をまぶしたような素足を、ソロソロと引きずっている。「大丈夫？」思わず声をかけた。「うるさい！」。きびしい語調だった。私の心配は甘ったるいものだったのだろう、とひるんだ。あるときは若い男が渡そうとした千円札を、怒りで押し返しているのをみた。

いったい彼女は正気だろうか？　それはわからない。私が打たれたのは、人の好意や同情を拒否する、珍しい強勒さ。かりにも物欲しさだけはみじんもない生き様をさらしていることだった。

着ている服の良し悪し、地位の上下にかかわりなく、なんと物欲しい人の多い世の中だろう。人も私も。

長いサラリーマン生活の終着、駅の柱にもたれたその女性が腰を落し、動こうともしないでいるのにぶつかると、不つりあいに大きな光背を負った仏像のように見えて仕方がない。

四月の合計

私がはじめて事務員になったとき、先輩の女性は一冊の帳簿を渡して、一頁ごとに記されている金額を足していって、合計を出すように、といいました。

そろばんは学校で習っていましたから、はい、と答えてすぐにとりかかりました。左手で頁を繰りながら、右手で珠をはじいてゆく、単純で間違えるはずがない仕事だと思いました。五、六桁の数字を一気に二百頁分入れて合計を出し、さてもう一度はじめから入れ直してみると、これが合いません。三度、四度、あせればあせるほど出てくる数字は微妙に食い違って、どれひとつ同じ答にならないのでした。

たぶん先輩は急ぐ必要のない仕事を私に与え、能力をためすことから始めたのでしょう。しばらくはこちらを振り向きもしませんでしたが、進捗状況は十分承知していて、もうどうしようもないというところで、「私が入れてみましょう」と声をかけてくれました。

落ち着いてそろばんをはじくその人の手もとをみていると、ところどころで小計を出してゆきます。それなら途中、たとえ間違ってもやり直しの幅が少なくてすむ道理です。分割し、たしかめながら積み上げていった数字は最後に一円の狂いも生じないのでした。なるほどなあ、と感心しました。遠い日のことです。

私は同じ銀行でずっと働き、定年退職いたしましたが、四十年という勤続年数を前にして思い出すのは、最初に渡された一冊の帳簿の手応えです。どうやら私は歳月の方も小計を出さずに来てしまったらしく、めぐりくる四月をたくさん加えたあげく、明確な答はひとつも出ていないのでした。

二月のおみくじ

ずいぶん前の冬、軽井沢の先あたりを汽車で走っていた。空は晴れていたけれど、風景は雪に包まれていて、一つの斜面いっぱい裸木の山が遠くに見えていた。

木々は焦茶とか黒一色のものではなく、色の底に生き生きしたものを感じさせた。枯木ではないのだから、あたりまえといえばそれまでだけれど、葉も花もない姿のまた別の美しさに、目を洗われる思いがした。その記憶を山襞ならぬ心の襞にかくした。鳥や犬は、食糧を落葉の蔭や土の下にかくす、というより備蓄する。それと同じように、私にも目や耳の食糧を保存しておく必要がある。

そのときは志賀高原へスキーにゆく職場の仲間に頼んで、連れて行ってもらった。深い雪をいちど見ておきたかったので。スキーも履かず、往復リフトに乗るマヌケな私を横目に「へえ、その年まで雪を見ないでおくのもいいもんだな。いっぺんに感動できるからな」と男たちはへんな羨み方をした。私はおそく見ただけ損をしたはずである。

冬が着せ更えた白い襦袢の冷たさ、

衿もとにのぞく肌のあたたかさを
なぜか手は信じていた。
うぶ毛のようにホウホウと生えている裸木
谷間から湧き立つ雲。

後年、八ヶ岳連峰を見晴らす峠で見た景色を私は詩の中で、そんな風に書いてみた。白い襦袢は冬山の肌着、新雪である。

以来私は、山や木のあたたかさにひかれ、手近に木を見ればその幹にふれようとする。木の体温、土の体温。目だけでは見えないものがこの世界には多すぎるはずであった。

通勤の道すがら、丸の内の舗道で並木の一本にさわることを「朝の挨拶」と、自分で呼んだりしていた。その会社勤めをちょうど一年前に定年退職して、給料は手に入らなくなったかわりに、自分の時間が前より多く手に入った。自由とは高くつくものだ、と財政緊迫の下で感心している。そんな中で散歩は、貧しくもゆたかな立場におかれた者の特権かもしれない。

近くにある神社の境内が広く、都会に少ない木立に恵まれている。私は立ち通しに立っている木というものに驚嘆し、その持続を、その力を、ほんの少し私に分け与えて下さいと願う。大きないちょうの木は昨秋、私にぎんなん十三粒をくれた。というより私が失敬した、というべきか。それもいまは裸である。葉を落した木は、お風呂上がりの人間のようにサッパリしている。梅は小枝に蕾をつけているが、やはり裸である。桜、もみじなどの落葉樹に、常緑の木もまじっている。

それらの木の枝々に、人間の引き結んだおみくじがいっぱい色あせているのも二月である。おおかたが初詣客の残して行ったものに違いない。大木には手が届かないとみえ、低い木の、それも小枝にばかり負担をかけているのは、いずこも同じ風情である。

私はこの、しがらみのようなおみくじをひとつひとつほどいて木を楽にしてあげたいと思うけれど、同類である人間が神様に念じたものを、解く資格はないのであった。

椅子

あと五年で会社の定年がくる、というとき、現在の所に移り住んだ。私鉄の駅ひとつ、といっても坂を上って下りただけの近さに、公立の図書館があるのを見さだめておいた。勤めをやめて、たとえ本や新聞を買うゆとりがなくなることがあっても、そこへ行けば「ひとり遊び」ができるだろう――。

少女時代、小学校に隣接してちいさな図書館があり、よく通った。大人の閲覧室には、男子席の横に婦人席というのがあって、特別に仕切られた場所に机が二つ、椅子も男子用の丸椅子と違う、肘も背もたれもある大きいのが置かれていた。本を読む暇があったら、家事の手伝いでもしなさい。そんな小言が光と同じように、女性に降りかかっていたころのことである。いつ行っても、二人分の席のどちらかに坐れないことはなかった。

昨年の春、長い会社勤めを終えた私は、はじめて池畔の図書館の門をくぐった。振り出しに戻ったような気がした。違っているのは男女同席で、机に向かっている女の人の数も多い。

会社での私はずっとちいさい椅子で、終身雇傭という言葉を借りれば、終身、男性との待遇差の下で働いた。私の場合は能力差によるものであるが、たとえ同等の力があったとしても、差はあったと思う。

同席が、どうして図書館とか学校、言い替えれば、タダの所か月謝を払う場所、分配を必要としないところで完全実施されるのだろう。本を読む前に、椅子のほうにへんな読みをしてしまった。

私はなぜ結婚しないか

結婚について、格別の考えもありませんので、今までに私が、人から言われたこと、自分で言った（ほとんどが今よりずっと若かったころの）ことを、記憶の中から拾ってみます。個人的なことゆえ、いい気なものだ、というようなところがありましたらご勘弁を。年次はメチャクチャ。

——ある日、同じ勤め先の、私より一まわり若い女性が、自分の恋人に聞いたのだそうです。「おりんちゃんを、どうして誰もオヨメにもらわないのかしら?」って。そうしたらネ、「顔もあるからな」ですってヨ。目を丸くして報告してくれました。

——南伊豆に住む親類の老爺を隠居所に訪ねた時。「お前はいま、何をしている?」「ハイ、銀行へ通っております」「それがいかん、嫁に行きなさい。三日で戻ってきてよろしい」

——私の祖父の嘆き「こうわがままでは、嫁に行っても三日で帰されるでしょう」

——銀行の年とった男の人「君のお父さんは、結婚すると苦労するから、なるべく長く家にいろ、っていうのか？　へえ、変ってるんだね」

──その父は、三人の妻と死別、四回結婚。家庭内のいざこざで「お前を恨みぬく」と時には私を怒り、かと思うと晩年「お前に適当と思われる男に私がめぐり会えなかったのが残念だ！」と言ったり。

──昭和二十七年、私を可愛がってくれた祖父が死にそうなとき、たずねておいた事。「ねえ、私はこうして一人で年をとって行くのだけれど、おじいさん心配？　それともやって行けると思う？」「思うよ」「私のところで人間をヤメにしてもいい？」「ああいいよ。人間はそんなにしあわせなものじゃなかった」

──それ以前に、祖父の女友達が私に言ったこと。「あんたは、あのおじいさんを残してヨメに行くではない。いいかね、縁というものは四十になっても、五十になってもあるものだから」

──戦前、職場のオニイサマに。「私の母は三十歳で死んだの。子供三人残して。だから私のいのちが、もっとずっと長生き出来るという保証がない限り、母親になりたくないの。結婚はしないつもりよ」

──小学生の時、男女組（当時は男女別々が多かった）でした。好もしい同士の男の子と女の子五、六人で一軒の家に住みたいと、夢を見ていました。

――高等小学校のころは、放課後の屋上でスケッチブックに雲の絵など画いて〝私、空と結婚しよう。きっと雲が生まれる〟

――帰りに図書館へより、女性雑誌などみて、あなたは女を性の対象としてのみ考えるのですか？ といった投書に感動。けれど性が何であるかを知らず。

――すでに、家族に四人の死者が出ていて、死を非常におそれていました。死ぬなら生まれてくるのじゃなかった、とも。

――戦時中、明日母親一人残して出征する、という人のところへ嫁入ってきた人を見て、私にはとても真似できないと思いました。

――いちど会社の人から友人を紹介しよう、といわれたのですが「私いま、結婚出来ない人に片思いしているんです」

――その片思いの相手が、自分の同僚に言ってくれたこと。「おい、りんちゃんもらえよ。洗濯だけはよくしてくれるぞ」

――いわれた相手がずっと後年、何かのはずみに、私の身柄の「引き取りてがなかったんだろ」とは、まあ！

――昨年定年退職しましたが、送別会果てたあと、親切な上司がつくづくと「君は半人前だ。どうしてかというと、結婚しなかったから。子を生まなかったから」

結論は、縁がなかったこと。異性をひきつけるだけの魅力がなかったこと。たぶんそれだけです。

せつなさ

のし袋に〝お見舞〟と書いて、少々の紙幣を入れて行きました。それをオバに渡すと、「まあ、あんたがこれを」とおしいただくように受け取ると、ひとりごとのように、けれど私のほうを見ながら「せつないのぉ」と申しました。

それはすこし複雑な言葉でした。通常なら「どうも有難う」と礼をいうか、「すみませんねえ」とわびるか、「そんな心配はしないでよかったのに」などと、挨拶するのでしょう。

オバは伊豆の海辺の町から、東京の大病院へ入院した八十三歳の夫に付き添って、来ていました。この二人には六人の子がいて、それぞれが家庭を持ち、結構に暮しています。オバ夫婦も、ちいさい旅館の主人です。私はといえば、定職もないひとり暮しで、あまり結構にはみえない、その辺の事情を親類の者は、とうに見通しです。

その私が包んだ金を、オバは受け取る際に思わず「せつないのぉ」と、お国なまりで言ってしまったのでした。持参したわずかな志さえ、相手の気持に負担をかけてしまう、そんな自分を、これも通常なら恥じるのがほんとうなのでしょうが——。私は久しぶりで飾りけのない人情にふれたと思いました。

せつない、ということばの重みは、心の中のどの部分に寄りかかろうとするのでしょうか。寄りかからせるやさしい部分は、どこにどのようなかたちで存在するのでしょうか。

うれしさとつらさ。有難さとすまなさ。恋しさと恨めしさ。いろいろな感情が、その時その時で違った混ざりかたをする、そのせつなさ。

話が飛びすぎるかも知れませんけれど、じきに三月です。所得税確定申告の期限を前にして思うこと。私どもの懐工合を察してくれる人、納められる税金を「せつなく」受け取って、大事に使ってくれる施政者はいないのでしょうねえ。

インスタントラーメン

私が会社勤めをし、家計を維持していたころ、食卓におそうざい屋で買って来た揚げ物などが並んでいると、そんな無精な食べ物を出さないで欲しい、と台所を受け持つ者に文句をいった。肉にしろ野菜にしろ、家で料理したものが食べたいと。

インスタント食品は、第一からだに良いものやら悪いものやら見当がつかない。製造して何カ月もたった品、ことに使い捨て容器に熱湯を入れて五分。などという説明を見た限りでは、ふうん、なんだか怪しいなあと不安や疑いが先に立って、箸をとる気にもならなかった。以上はまがりなりにも家庭というものがあって、外で稼ぐ者、内で働く者の分担が比較的うまくいっている時の、いまにして思えば多少のぜいたく、わがままともいえる文句であった。

ひとり暮しをはじめて以来、食べ物への不平不満を口にしなくなった。それは当然で、自分に言ってもはじまらないのである。禁を犯して、時には出来合いのカツでも赤飯でも買ってくる。手のこんだものは外で食べる。時間もお金もその方が経済的なのだから。

そして私はインスタントラーメンなどという、いまわしい（かつての考え方でいくと、女の風上にもおけない？）はずの品に一度手を出し、これは便利だ、と味をしめ、すすぎ不十分で、どんぶりに洗剤液が残っているかも知れない中華料理店のラーメンより、あるいは安全かも――などとつぶやきながら、心せく時はつい熱湯をそそぎ込んでしまう。ことに風邪でも引きそうになると、ぞくぞくしながら買いに急いでしまう。最低、飢え死しないために。

手間ヒマのかからぬこと、求め安い値段のこと、この二点においてインスタントものはヒトに対して親切でやさしい。というより、親切でやさしい場合がある、と言い直す。

この間の宮城県沖地震に例を取っても、ずいぶん重宝な品だったらしい。すると、同じ品物が平和な毎日にも良く売れているという事実は、別の地震が女の地盤、主婦の地盤を強く揺すっていることのあらわれかも知れない。その渦中にいて、全体の被害状況がまだ見通せないでいる。

火を止めるまで

十月二十九日の晴れた朝、御前崎（おまえざき）灯台下の砂浜に立って、目いっぱい弓状に展けた海を見ていたら、ふと「寄る年波」という言葉が浮んで来て、なるほどなあ、と思った。ひとつの言葉にハタと手を打ち、これだったのか、と気が付くのも容易でない。波は遠くの方から幾重にもかさなり合いながら、こちらへこちらへと寄せて来た。

銀行を定年退職して五年経つ。引続き同じ職場に残るようにと言ってくれたけれど、迷いに迷ったあげく辞めることにした。かりに好意で五年置いてもらった所で、いずれはやめなければならない。それなら少しでも早く一人になるけいこをして置こう。四十の手習いとか五十の手習いというけれど、定年時の手習いが私の場合「一人立ち」だとしたら、これはどういうことになるのだろう、会社とは何だったろう。

年齢的に来る所まで来たらしい、という感じと、まだまだピンとこない部分がある。その分若い気でいる。ちょうど建物と同じで外から古く見えても、中で暮している限り変化はない。並んでいる新しい家と古い家の窓から見える空は同じなのよ、と言うと、同年配の人は、ほんとうにそうね、と答える。一人暮しの女性は、私のかつての同僚に何十人もいる。戦争のため、未婚を余儀なくされた人が多い。残念ながら、私には戦争のせいにする理由がない。

高層アパートの断面は空に掘った横穴住居のようでもあり、穴だらけのパチンコ台のようだとも思う。中に住んで窓から表をみると、真下が駐車場になっている関係で、横の道路も見通しがきく。朝出勤してゆく会社員が上の方を振り返り、手を振っていたりする。平日の昼を過ぎると、幼稚園児や小学生たちが戻ってくる。窓側は全部ベランダになっているので、その子供たちは私の視野から消えると建物の後ろ側に回り、エレベーターなどで各戸へ帰り着くのだ。大変失礼なたとえ方で申訳ないが、戻ってくる子供たちが私の横穴にはどの一人も落ちてこないのである。子供が飛び込んで行った穴は途端にじゃらじゃらと賑いがこぼれ落ちるのであろうか、と思うと愉快である。別にさびしいとも思わない。一人には一人の賑いがある。

私が退職した時、送別旅行の夜に、二人の独身女性に上司が語ったことを思い出す。「君たちは半人前だ、なぜなら子を産まなかったから」。心につかえたけれど、後でそうかも知れないと歩み寄り、五年たったいま、その人が本当に考えていることを言ってくれたことに感謝している。反面、家族というものは、他人へのそれほどの酷薄さで維持されている面もある、と考えないでもない。

あんた、のんきで羨しいワ、と友人に言われれば、それもその通り。けれど経済社会、すべてタダとは参らない。金で払うばかりが有料とは言えない。払うべき心遣いもある。

勝手な生き方をしているが、ガス風呂に点火したあと、ああ沸いた、と立って行って火を止める。一瞬ほっとする、その気持はいつも新しい。湯が沸くまで生きていてよかった、としんじつ思う。その安堵の中に私の周囲への、僅かながら連帯感があるのかも知れない。

ホンワリ湯気の立つ思いが。

しつけ糸

寒くなったので、春に旧友からもらってそのままにしておいた、ほっくりふくらんだ紙包みをほどいて、中から綿入れの袢纏(はんてん)をとり出した。

これを受取った場所はデパートの屋上のベンチで、縫ってくれた友人はそのとき風呂敷を解くと、早速ひざの上にひろげて「着てごらんよ」と言った。私が立ち上って洋服の上から袢纏を羽織って見せると「うん、ちょうどいい」と目を細めた。

「私はこれを娘夫婦にも、息子夫婦にもこしらえてやって、喜ばれているし、孫にも着せているんだよ」。なるほど、と思った。それで私にも着せてやりたくなったのか。

「でも、あんたが着てくれるとは思わなかった。だから着る、って言われたときはとてもうれしかった。どうだい、腰もたっぷりかくれる丈につくっておいたから、暖かいんだよ」。友だちは、私が重宝して喜ぶだろうと推しはかるのでなく、自分の縫ったものを人に着せる、そればかりを全身でうれしがっている様子だった。

おたがい大正生れといえば、相当な年配なのに、午後の陽を四角い盆に受けたような屋上庭園の片隅で年を忘れ、しばらくは私が袢纏を着たままの姿で語り合った。
待合せといえば喫茶店がごく当り前の昨今。四十年も昔の友がわかりやすいからと言って来た場所は、二人が久しぶりで会うのにとてもふさわしく思えた。ほんとうに膝を寄せ合うのは何年ぶりのことだろう。私は珍妙な姿で、周囲の視線、体裁などすっかり忘れていた。

昭和十年代に、私たちは同じ文芸誌の投書家仲間だった。私は銀行の事務見習をして働いており、神奈川県から東京に出て文学修業をしていた彼女を、小さいカフェーに尋ねたこともある。

「あんた字が下手だねえ、あたしんとこへくる手紙の中で一番下手だよ」。友は年下の私にずけずけと言ったけれど、その悪口は彼女の体格のようにふっくらとやわらかで、私の心が傷つくということがなかった。

私たちはその後、一緒の同人雑誌などで勉強したけれど、戦争の激化は用紙の統制、配給の削減と、小さな同人誌などたちまち立ち行かなくしたし、第一、空襲は大都市を一晩で火の海にすることも可能だった。敗戦前後をはさんで仲間の音信も絶え果てた。

しいちゃん。静江という名のその友に何十年ぶりかで会ったのは、投書家時代の先生が本を出した、その出版記念会の席上でだった。年はとっていたけれど、変らない、という感じを互いの目の中に認め合った。会合が終った道すがら「あんた袢纏着るかい」と聞かれ、物をもらうことを極端に遠慮する私が、「欲しいワ」と答えていた。真実、この友が手で縫ってくれたものを、ひとつもらっておきたいという気持があった。「じゃ、出来たら電話するから取りにおいで」

そうしてかかってきた電話の約束場所が、この新宿のデパートだった。持ち帰ったが少し暖かくなっていたその季節に、おろして短い間に着汚してしまうことを惜しんで、包みをほどかずに置いた。

霧雨が降って急に冷え込んだ晩、ストーブの用意も間に合わないまま袢纏をとり出した私は、しつけ糸を無造作に抜きながら、ふと手を止めてしまった。音で表現するとしたらトン、ツーウ、トンとでもいうような白い糸目、旧友の一針一針が大まかな運びで要所要所を押え込み、その終るところに小さな結び目を見せている。「ここから抜くんですよ」とでも言うように。

しつけ、しつけるということ。これはこういうことだったという、手で覚えたはずの言葉。物をこしらえる、仕立て上げた着物にほどこす、その荒い針目の、最後の押えの手加減を私は思い出していた。手で知っていた言葉が、いつから頭の中の言葉に置き換えられてしまったのだろう。その思いが、美しいしつけ糸を途中から抜き惜しんでしまった。

すると、春の日のベンチの上の語らいがよみがえってきた。「ねえしいちゃん、どうしてもっと小説書かないの」「書いてるよ」

彼女の作品は商業雑誌にも充分通用するのではないか。事実、同人誌から転載されて週刊誌に出たこともある。「どうしてもっと世間に出そうとしないの」「いいんだよ、私は楽しんで書いているんだから」

それ以上、私は何も言わなかった。仮にも彼女は、物を書くことで周囲の人を震え上がらせたりはしないだろう。袢纏をつくるのと同じ心で、自分の楽しみのために書いているのだろうと。

鳥

今年こそ冬を越したら雀に餌をやるのをやめなければ、と思っている。アパートの管理人から禁止のハリ紙が出されて、すぐ実行すればよかったのが、ついつい集まってくる雀の期待に応え、小鳥用むきえを買い続けて来た。与えはじめたのもこちらの勝手、やめるのも人間の都合、とあっては、ずいぶん罪深い所業になる。

現在のところへ引越して十四年、早いなあと思うけれど、その間に自分が還暦を過ぎたことを知ると、早いなどと言っていられない。あまりに遅々とした生き方。雀も変った。ほんの少しずつ慣れてきた、けれどあまりに遅いその変り方。窓を開けると、駐車場をへだてた向いの二階家の屋根に群がっていたのが、いっせいに三階のこちら目がけて飛んでくる。待っていましたよ、といわぬばかりに。けれど、そのあと下の立木の枝に行ってしまう。そうなるまでに十年はかかったろうか。最近になって三羽、四羽、私の立っているベランダの手すりに来てとまるようになった。今日は姿が見えないな、と思っていると、遠くにちいさな点が現れ、またひとつ増えて、たちまち二十羽からの羽数をそろえてしまう。

いつかの夜、隣の奥さんがベランダ越しに「石垣さん、お宅で鳩が死んでます」と叫ぶので出て見ると、洗濯機のそばに一羽のキジ鳩がたおれていた。あら、どうしましょう、という私に、奥さんはちょうどいい箱をさがしてくれた。寒い日だったので一晩部屋に入れ、翌日保健所などに問合せ、清掃事務所が取り扱うとわかって連絡すると、野鳥なら料金はいいです、持参して下さいと言われ、多摩川べりの事務所まで見送った。

キジ鳩も二、三羽くるけれど主客は雀で、鳩は体が大きいもののどこか遠慮がみえる。糞が立派で困るナと思う、こちらの気持を汲んで控え目にしているのかもわからない。けれどキジ鳩はもう一羽、死ぬとき私の近くに来た。餌をやって部屋へ戻ったが、二度目は雨の夕方、買物に降りて行く外階段の中途で弱り切っていた。餌をやって部屋へ戻ったが、翌朝一円玉ほどの吐瀉物と昨日のままの餌の脇で、目をつむり脚を上にしていた。階段だから管理人に渡そうか、と考えたけれど、これもエニシと思って再び清掃事務所へ電話した。こんどは「料金を頂戴します」。そのかわり「受取りに行きます」

「いつ？」

「すぐ伺います」と言って二人がかりで迎えに来た。動物死体処理手数料一頭に付、二千二百円の仮領収書と引き替えに、鳩を入れたボール箱は、黒いビニール袋に入れられて階段を降りて行った。

春になると羽ばたいてまもない雀の、たいして大きさの違わない親鳥に餌を口移しで食べさせてもらっている姿が見られる。足元に餌があるというのに、甘えるな、と叱りたくなるけれど、いや、あれは親になったらお前もこうするのですよ、と教え、教えられているのかも知れない、と考えるようになった。生れるものがあれば死んで行くのもいるはずなのに、雀はどう身の始末をしているのだろう。私が知りたいのはその辺の事である。

おばあさん

ひとり暮しをしていると、外との対応に困ることがよくあります。どうしても手が離せないとき、代ってやってくれる人がいるかいないか。その点、家庭とはよく出来ているな、と感心いたします。

今日も昼近く、外出にそなえてお風呂に入っていると、ブザーが鳴りました。急ぎ、したたりやまぬ姿でドア越しに、

「どなたでしょう」

「T相互銀行の者ですが、おばあさんの年金のことでご相談に伺いました」。ハテ、私のほかに誰が居るだろう。

「おばあさんて誰ですか」思わず語調がきびしくなる。同時に聞かずもがなのことと知りました。

「石垣りんさんでーす」。扉をつらねたアパートの廊下に、筒抜けの問答になってしまいました。

心身ともに冷んやりして、も一度お湯につかりなおし出て来た私は、郵便受けの中に〝人の気も知らないで〟と唄いたくなるような、無邪気な名刺が一枚落ちているのを見つけました。

先日、ラジオのスイッチを入れると、アナウンサーが投書らしい文章を読んでいて、内容はどこかへ行ったとき、下足番をしているおばあさんの働く姿をみて感動した、ということのようです。聞くともなく聞いていて、最後に名前と年齢六十二歳と続いたとき、はじめてオヤと聞く耳を立てました。いいのかな。

下足番がたとえ八十歳ぐらいとしても、六十二歳の婦人が相手をおばあさんと言ってしまうことはどういうものだろう。ほとんど私と同年配の人の若い気持もわかるので、もしかしたら私もやりかねない同性先輩に対するおばあさん呼ばわりに、ひとごとならず赤面しました。自分が呼ばれたらどうするんでしょうねえ。

早くても明治期に創業を迎えた日本の株式会社が、ここに来てようやく老境に入り、したがって、以前はあまり問題にならなかった定年退職者の数も目立って多くなりました。私の働いていた銀行でも、女性だけのOB会、みんな二十五年以上勤続のキャリアの持主ですが、もう百名を越しました。ことしも三月に年一回の集まりを開きましたが、会食中、二、三人がシルバーシートの話をしています。

「どうしたの」と話の仲間入りをすると、ひとりがそれ迄のいきさつを説明してくれました。野田さんがシルバーシートに腰掛けていて、白髪の男性に叱られたのだそうです。「若い者がけしからん、立ちなさい」と。

「で、どうしました」そばで笑っている当の野田さんに尋ねると、

「仕方ないから立ったわよぅ」。いつの間にか話が広まって、こんどは皆で大笑いとなりました。

戦前からの英文タイピストで、衣裳も顔もモダンな感じの美しい人でした。大げさにいえば、そのころとどれだけ変ったかしら、と思われるほど昔の面影を残しています。この日、野田さんは、会から古稀の祝いを受けられました。独身です。

空港で

つい最近まで、私は飛行機に乗ったことがありませんでした。みなが乗っても別にうらやましいと思いませんでした。というより、乗らずにすむものならその方がいい。出不精であまり旅行もせず年をとった私は、会社への通勤も毎日の旅だ、などと言いながら定年退職という終着駅に降りてしまいました。

友人に「へえ、君、まだ飛行機を知らないの、それならいっそ乗らない記録を持っていろよ、今どき稀少価値だ」などと笑われたこともあります。正直なところ、私にとって飛行機はかなり不安な乗物でもありました。もしはじめての土地を訪れる機会に恵まれたら、見える限り見て来たい。それには風景を空からひとまたぎしない方がいい、とも考えていました。だから東京から四国へ行くことになったときも、新幹線と船や列車を乗り継いで、十時間余りかかって高知へ着いた夜は、距離いっぱいの風景を確かに通過してここまで来た、という満足がありました。

その二日あとです。土地の人は、同じ道順で帰ると言う私を車に乗せると空港へ送り届け「つまんないですよ、飛行機ならひと飛びです」と言うと、手を振って別れてゆきました。そのときが初乗りでした。プロペラ機で、通路一本はさんだ両側の座席は六十人ほどで満席でした。東京直行便がとれなかったということで、大阪まで四十五分。浮上の瞬間、引き返せない不安を感じましたが、さっき遊んだ桂浜の辺りも一本の海岸線となり、たちまち遠ざかる眼下の景色は私を夢中にしました。恐いという感情は、機内を日常の職場としているスチュワーデスの働きぶりを目の前にして、片づけてしまいました。

そのとき空に足がついた、とでもいうのでしょうか。以後、利用するようになりました。乗る前の所持品検査、待合室に集合した何百人かは、否応なくこの先何時間か運命を共にする人達なのだ、と周囲を見回すこともたびたびです。空港に常設されている保険会社の自動契約機。僅かな確率とはいっても、いつ起るかわからない事故。墜落の際の報道に見る顔写真の羅列など思い浮べたり、やはり地上の乗物とは別の覚悟を、毎回強いられているようです。飛行中の窓から、雲上はるか一羽の鳥ほどに見える別のジェット機を認めたときなど、自分の乗っている飛行機も向うから見れば同じ大きさに違いなく、天上のハカリにかけられた人間の重量を見るようで、私は何ものかの前に、あまりに小さい頭を下げてしまいます。

先ごろ沖縄に行き、仕事の合間に訪れた中城城趾（なかぐすく）で転び、右手首を骨折してしまいました。帰途、三角巾で腕を吊って那覇空港へ手続きに行くと、係の男性は即座に「お荷物は全部お預りいたします。羽田へ着きましたら向うの担当員がお世話するよう、手配しておきます」と言って、見送りに来てくれた人の手から私の荷物をみんな引き取ってくれました。羽田に到着すると、赤いスーツの女性がすぐ駆け寄って来てくれました。怪我をしましたが、痛いことばかりではありませんでした。

八月

転んで右手首の関節を骨折してギプスをはめられ、首に結んだ三角巾で腕を吊ったままの二か月。さいわい指先は動いたものの、当初はシャツの貝ボタンをはめる力もなくて、かなり不便でした。庖丁は使えない、箸は持てない、タオルはしぼれない、顔を洗うのも猫の如き片手洗い。右手にそっと持たせたフェルトペンを左手で誘導しながら、何とか字を書こうとしても字になりませんでした。伴侶というか、両手揃ってはじめていろいろなことが出来るのだなあ、と感心したり。左手が無事で助かったと胸なでおろしたり。一生不自由を背負っている人もいる、と考えたり。

そうしてリハビリに入ったいま、時折うたうようにつぶやくのは「からたちの花」の一節〝みんなみんなやさしかったよ〟――とはいうものの、全く元通りにはなりそうもない傷痕のかなしみ。

白い三角巾は人目につくのか、それゆえに声をかけられることの多い日々でした。たまたま乗ったタクシーの運転手さんは、自分が車のドアで指先をつぶした時の難儀。たまに立寄る服装店の古い女店員さんは、私も同じ所を骨折して、これこの通りになってしまってと、手首が異様にとんがっているのを見せてくれました。もしそれを見ていなかったら、同じようにとんがってしまった自分の手首に、もっとショックを受けたろうと思います。「どこの病院へ行ってますか、ごらんなさいこの手のひら。こんなに縫い目だらけで、大怪我だったんです。よく治ってるでしょ。S外科にはいい先生がいますよ」と、近所の食料品店の主人は、つり銭といっしょに情報も差し出してくれました。傷を負ったことで相手も自分の傷をさらけ出してくれる、そんな親切にずいぶん出合いました。

もひとつの出合いは、妙な話のいくつかです。旅先の沖縄で転び、現地の病院で応急手当てを受けた私に、那覇に住む男性が最初に言った言葉が印象的でした。「それはね、あの世の人が、一人こちらへ呼び寄せようと思ってあなたの手をつかんだんです。そしたら石垣さんが『いやっ』と言って振り切った、とたんに手が折れちゃった。よかったんですよ、手が折れただけで」「そうですか、それなら有難いと思うことにします」と答えました。

東京へ帰って来て、人に会えばたいていどこで、どうして、とたずねられましたが、転んだ場所が沖縄の城跡というと、その怪我は偶然ではない、と因縁めいた受取り方をする人に四、五人会いました。別に新興宗教の信者でもない人、あきらかに科学者である人までが、見えない世界からの働きかけだと言われます。それほど同世代の人が、あの島で無念な死に方をした。それほど生き残った人の心に今も生きている、ということでしょうか。私としてはかなり深く傷つき、非常にやさしく癒(いや)されているのを感じます。

ギプスのはずされた手を合せ、遠い島に向って祈る八月です。

港区で

マーケットのレジから床続きの一隅に、仕切りもなく幾つかの丸テーブルを置いただけの喫茶コーナー。買物帰りの客がちょっとひといき、といった感じで立寄るような、都内のまだ緑の多い町のスマートな店。

「ここでいいかしら」と言いながら、案内してくれた若い女性編集者は、私の渡した原稿にすぐ目を通しはじめました。読み終るのを待つ間、運ばれて来たコーヒーを飲んでいると、テーブルの高さほどもない背丈の男の子がちょこちょこっと寄ってきて、なにか話しかけてきます。「?」

こごんで耳を傾けると「このォ、おもちゃネ、こわれちゃったの」。見ると、プラスチック製ミニチュアカーのようなものを握りしめています。どう壊れているのかわかりませんでしたが、「そう、困ったわねえ」と相づちをうつと、それだけで満足したらしく、にこっと笑うと、もと来た方へ小走りに去ってしまいました。目で追うと、レジ近くでくるりとこちらを向き、もいちどにこっと笑って手を振りました。そばに若い細身の女性が立っていて、同じようにこちらを向き、にっこり会釈しました。たぶん母親は、買物中に手を離れた子から目を離さずにいたものとみえます。

四歳ぐらいでしょうか。泰西名画に出てくる天使から羽をとったような愛らしさで、突然私の横にあらわれた子供。怖がりもせず近付いて話しかけてくれた有難さに、しばらくはぽうっとしておりました。もう一度会えないかしら。しんじつそう願いました。日常の中のこのような福音は、どこからさずけられるのでしょう。——遠くで母親が会釈しています。

そういえばあそこは港区、私が生れて二十五年間暮したのも、少し離れてはいるけれど同じ港区。男の子が開いてみせた手のひらのおもちゃから、私も自分の手の中の思い出をひとつ取り出しました。戦争末期、東京山の手が空襲を受け、町も私の家も焼けて、たくさんの人が死にましたが、その前の晩に近県から出て来た友達が一泊して、帰るとき玉子をひとつおみやげに置いて行ってくれました。貴重な一個を惜しんで机の引出しに入れたのですが、そのまま家といっしょに焼失してしまいました。さっさと食べていたら記憶に残ることもなかったでしょうに、失った玉子は私の手に小さな重みを残しました。

あの高層マンションが建ち並んでいる町のマーケットは品揃えもよく、店内をひとめぐりするだけで台所の需要は籠に満たされるのでしょう。十個宛（ずつ）パックに詰められた玉子が山積みになっているのは、どこのスーパーでも見かける風景です。夢のような風景です。

そして私はたしかに年をとり、ひとり暮しをして、天使のようなかわいい子供に会えば夢見心地で恋しく思っておりますのに、四十年前に終った戦争のことは、どうして今もって夢だと思えないのでしょう。

花の店

東京駅前の旧丸ビルへ行くと、きまって立寄りたくなる花屋さんがあります。広場をへだてて駅と向い合せに建っているビルディングのひとつ。その正面玄関ホールの右片側に、ちょっと間仕切りしただけの店構えですが、いつも多彩な花が盛り上がるように揃えられていて生き生きと美しい。

丸の内の銀行に戦前から、戦後も三十年ほど通勤して退職した私は、あの辺一帯の風物がなつかしく、たまに古巣の職場を訪れた帰りには、あちらこちら歩きまわってしまいます。なつかしいといっても最近の移り変りの激しさ。鉄筋コンクリートのビルは半永久的なものと思い込んでいたのに、七階、八階建てがつぎつぎ解体され、超高層に建て替えられていきました。まるで国の経済成長をグラフに描いたような建築群です。そんななかで大正十二年竣工の旧丸ビルは、旧態を残す数少ない建物です。なかに入って気がつくことは新しいビルに比べ天井が高く、通路や階段、洗面所などの面積がたっぷりとあって、すべての造りが重厚に思われます。足もとに目を落すと、敷き詰めたタイルの四隅が摩耗してやわらかな凹凸をみせています。いったいどれだけのサラリーマンが踏み減らした跡だろうと、身につまされてしまいます。

一階と二階が商店街でよく買物に行きました。その思い出に道順などありませんが、展覧会場でも歩くように、私は心の矢印に従ってひとまわりしてしまいます。そして、最後に出口に近い所にあるのが花の店。買う用もないのにと思いながらついつい足が向いてしまう。

この間はちょうど会社の退け時で、いろいろな制服姿の女性が十人ほども立っていました。並んでいるわけではないのに、なんとなく順番を待っているような。――近づいて少しうしろに立ってみました。古くからいる二人の男性店員さんは顔見知りです。ひとりがこちらを見て黙礼してくれました。花はそれ自身美しいけれど、扱い方ひとつで更によくなったり、野暮ったくなったりします。私はこの店の人が束ねて売る花が好きでした。店先は注文しておいたのを受取りに来た人、花を選んでいる人、半ごしらえで水に漬けてあった花束の仕上げを待つ人。わずかな時間、入れかわり立ちかわる人を眺めながら、花屋さんのこんな繁昌ぶりを見るのははじめてだ、と思いました。客のほとんどは女性でしたが、男性もひとりふたりまじって。なかには「差し上げる先は？」と店員に聞かれ、「男性」と短く答えている女性もいて、私の耳には新鮮な会話でした。

贈答品といえば、なるべく見栄えのする品を、といった底意がまだ尾を引いているなかで、最近、花の進物が増えてきました。実用品でなかったものが必需品になってきたのは、生活がゆたかになったせいでしょうか。そして丸の内のオフィス街で花を買う女性の多いのも、それだけ女性個人の経済力が充実してきたことと見合っているのでしょうか。いずれにせよ贈られた人の喜びと、同量の喜びが贈る人にもある花束は素敵だと思います。

隣人

私は集合住宅の三階に住んでいますが、ひとつの廊下に三つのドアが並んでいて、そのまん中が私の一DKです。新築時に入居して以来十五年、よい両隣にめぐまれて何のトラブルもなく年を重ねました。向って左隣の二DKに老夫婦、右隣の三DKはふたりの美しい娘さんがいる建築技師一家でしたが、先年ご主人が亡くなり、娘さんも結婚したあと、残った奥さんが私同様ひとり暮しをしていました。

女同士の気安さで、いつからかベランダごしに「どうぞお茶を」などと声をかけられ、仕切り戸の鍵をはずして、部屋着のまま裏から訪ねたりする間柄になっていました。去年その奥さんから、上の娘さん一家と同居するため引越すことになりましたと告げられたときは、ほんとうにがっかりしました。

さしあたって案じられるのは次に越して来る人のこと。譲渡完了までに日数がかかりましたが、どうやら決ったらしく、おや、と思った時には新しい男名前の表札がかけられていました。広い家に入居した人らしくもないひっそりかんで、引越荷物の搬入もいつだったのか、家族数の見当もつきかねるのでした。

半月も経ったころ、左隣の夫人からひどく遠慮勝ちに尋ねられました。「あの……越していらした方、ご挨拶ありまして？」私はあやうく吹き出してしまうところでした。やっぱりお隣も気にしてらしたんだワ。「いいえ、なんにも」。そして顔見合せ、にっこり笑って口をつぐみました。お互い、批難がましい言葉遣いを惜しんだというわけです。

三つドアが並んでいても、ふたつ同時に開くということはめったにないのですが、私が外に出たとき偶然、新しい隣人が外から戻ってドアの前に立ったのと一緒になりました。すると眼鏡をかけた若い男が鍵を手にしたまま近寄って来て、「僕、隣に来たものですが」と言うと「オバさんひとりなんだってネ」と語りかけて来ました。「そう、どうぞよろしく」と挨拶すると、「何かあったらネ、いつでも、夜中でも起してくれていいですよ」。それが初対面でした。

引越しをした際は先ず近所への挨拶まわりに、戦前の東京ではおそば券など配りました。戦後はハガキ十枚ぐらいが相場というものでしょうか。でもどっちがいいだろう、仮にハガキと、夜中に起してもいいと言う、あの無造作な優しさと。私は新型のよい隣人がひとり住みはじめたのに気がつきました。

ベランダをのぞくと、前住者が残して去った少々のガラクタが長いことそのままになっていて、コンクリートの溝には雑草が一本生えて三十センチほどにも伸びているのに、抜き取る気配もありません。ある日私は、プラスチックの器に麦がひとつかみ盛られているのを見つけて大喜びしました。彼は、毎日雀に餌をやるため近所に糞害を及ぼしている、私という悪しき隣人の共犯者になったのです。

風景

コンクリートに塗り固められた箱のような住居。一日中、換気扇の音が低いうなりを立てています。狭い浴室や手洗所にいるとその音はことさら耳に届いて、なんだか船の機関室にいるようです。いったいどの方向に走っているのかしら。

あれは私が小学校に入るか入らないころのこと。はじめて父母の故郷、伊豆への旅をしました。現在は下田まで鉄道が通じていますが、大正から昭和へ移るころ、半島の南端に近い村へ行くのには前日東京を発って沼津まで行き、翌日早朝の汽船に乗り、六、七時間ゆられてやっと到着するような所でした。その船旅の途中、いきなり海に臨む低い山の斜面に、うっすら白い雲がかかっているのを見ました。ただそれだけの風景が、なぜ心に焼きついてしまったのかわかりません。私は息をのみ、目をみはるばかりでした。あの幼い日の深い感動。私が下手な詩を書き続けて来たのも、あの最初の感動に言葉でたどりつきたいためではないのかと思ったりいたします。

あれから半世紀、ひとり暮しのアパートで、換気扇の音が子守唄のように私をゆすります。動いているよ。走っているよ。

生れてからずっと、職場も東京で、本籍や墓所のある伊豆へはたまに帰りましたが、そのほかには旅らしい旅もせず年をとりました。出不精のせいもあって。ヒマもお金の余裕もないと思って。

それが会社を定年退職した後、旅が向うから訪れる恰好で、私を遠くへ連れ出してくれるようになりました。といっても年に数えるほどですが。仕事がらみで知らない土地を訪れる機会に恵まれます。行く先々の物珍しさ。旅の喜びと仕事の恐さで震え上がる思いを味わわせてもらいます。自分のバカさ加減にも出会います。

民放のテレビが、元旦に日の出の実況を放映する。その番組にここ何年か詩を書いて来ましたが、その準備に何度か同行させてもらいました。あれは御前崎のホテルに泊った時のことです。私は明日にそなえてやすみました。その時なぜか、翌朝まっくらな中で日の出を待つのだと思っていました。もう少し説明しますと、水平線上に太陽が顔を出すのと同時に、夜が明けるものと思い込んでいたのです。徹夜など珍しくない不規則な暮しをしていて、朝がどんなに遠くから明けてくるかわかっているはずなのに、その時に限って私は、あのおめでたい「日の出」の絵図にとらわれていたらしいのです。

早朝、目をさましたとき空がもう明けかかっているのがいぶかしくて、アラ、と目を疑いました。こんなはずではないと。ネボケていたわけでもないんです。起きて、四、五人で灯台下まで行き、はるかな水平線を見渡すころにはいくら私でもその辺の事情が呑み込め、人に言えない自分の愚かさが足もとから明瞭になってくるのを覚えました。

年に一度、初日の詩を書く、その仕事に関わってから私は、太陽に向って朝夕そっと手を合せるようになりました。どうかお力を貸してください。

思い出が着ている

私が物心ついた時、母というものは既にこの世の中にいない人であって、祖母もまた母に遅れること三年、私が小学校へ上がったばかりの四月に急死しましたので、私に母のことを語り伝えてくれたのは、主に父と祖父でした。

「お前の母親は、気性の張った人だった」とか、「お前のおっかさんは、明日着せる、となれば一晩で着物を縫い上げる人だった」といった、まだ幼い娘にも多少の教訓めいた内容が感じられる、良いところが主でした。

けれど私の数え年四歳の春に、三人の子を残して三十歳で死んでしまった母にとって、いくら着せてやりたいと願っても、子のために縫い上げた着物の数は知れたものだったに違いありません。病気の重さから死を予知して「この子が小学校へ上がる日は、決して一人で行かせないで下さい」と頼んだそうですから、思い残すことも多かったのでしょう。

その小学校入学の際の記念と思われる、かすり模様の着物に袴を付け、椅子に腰かけた祖父の膝にすり寄るようにして立っていた、写真館名入りの台紙にはられた一枚の写真を、かすかに思い出しました。母の遺言通り私は、その姿で誰かに手を引かれて校門をくぐったのかも知れません。それはお正月に晴着を着るほどの別誂えで、儀式用、記念写真用の服装に思われます。同じ年の夏、一年生のクラス全体が校庭で撮った写真では、私自身洋服を着ていますし、男女全員の中に和服姿は一、二名に過ぎなかったのですから。

どちらの写真も現在私の手元にはなく、後者の記憶がわりあい確かなのは、最近小学校のクラス会があって、みんな会社も定年、といった年恰好の男女が集った席で、ひとりが昔なつかしく持参したことによって、再会したからです。その一枚の貴重さは、単に古いというだけでなく、東京赤坂、つまり現在の港区で幼稚園、小学校を共にした仲間は、第二次世界大戦中に家が空襲を受けて、町ぐるみ焼けてしまったため、多くが過去のアルバムを失っていたことにあります。

小学校を卒業したのが昭和七年、その時はもう皆洋服でした。それから私は二年間高等小学校へ通って、やがて就職するのですが、たいへん就職難の時代でしたから、自分からの選り好みなど言っていられません。まして学歴もない少女のことです。職業紹介所の適性判断、会社側の選択と、何回かの試験を受けて丸の内の銀行に採用されました。すると銀行の規則により、和服の着用を命じられました。女学校出の事務員は着物に帯、そして草履。小学校出の事務員見習は着物に袴を着用、履物はかかとの低い靴であること。

就職した私は着物はもちろん、下着から袴、靴までを親に調達してもらい、その着付は近所の小母さんの手を借りての初出勤となりました。昭和九年、職業婦人の服装として洋服を厳禁した職場は、既に数少なかったはずです。ことに袴をはくのは電話局の交換手さんと、宝塚少女歌劇団の生徒さんぐらいだったと記憶しております。宝塚も同じだということが、ほんの少し流行遅れの感じを救ってくれました。

学校のころかなりおてんばだった私が、あまりに古風ないでたちで働き始めたのを、いぶかしがる同級生もおりました。夏などは冷房が利いているとはいっても、着物の上にメリンスの事務服を（冬はサージでした）重ねるうっとうしさを何とか改善しようと、上等の絽の小切れなどで衿だけの着物をこしらえて自慢する人もいました。袴ならそれも可能だったわけです。事務見習いを成績の良い人で三年、多くは四年勤めると事務員に昇格、はじめて着物に名古屋帯を締め草履をはける身分になるのですが、私は四年を経て一人前になることが出来ました。もうそのころは、日本が「事変」という名でとっくに踏み込んでいたいくさが大戦へと近付いて行く時期でしたから、和服着用は風俗としても、いよいよ時代から取り残されて行く感じででした。

それまで一日通して着物ですごしたのが、着物は職場用、行き帰りは洋服と、着替える人も増えてきました。忘れもしません、事務員になって間もなくのころ、私はちいさなムホンをくわだてました。他の部課で洋服のまま事務をとる人もあらわれたので、暑い日、着替えるという無駄をはぶいて、洋服のまま仕事につきました。しばらくして主任から「ちょっと」と手まねきされ、「洋服を着ているね」と言われたので「ハイ、いけませんでしょうか」と尋ねました。当時上役に対してそのような口をきくことが、どんなにゆるし難いことであったかわかりません。案の定、次の言葉におさえられてしまいました。「足が見える」。つまり、足が見えるような洋服を、続けて着るわけにはゆかないのでした。その前後にはポツポツ出征兵士を送る、といったことも出て来ましたが、国内はまだまだ平穏でした。

袷（あわせ）を着る季節の通勤着は主に銘仙でしたが、ある時、たぶん取引先の繊維工場でつくられた新製品の宣伝だったのでしょう。人造絹糸、つまり人絹の反物を卸値で分けてくれるというので、こぞって買い求めたことがありました。天然の絹や木綿と違って、へんにケバケバしい色彩の、それもちりめんや錦紗に似せたような染柄のを、国策に沿って、しかも安く手に入れてそれぞれが着ましたから、出勤時には同じ柄の羽織があっちにもこっちにもいるという、妙な風景が出現いたしました。均一の値段でまる見えのオシャレだったのですから。

洗張り、仕立直し、衣替え、そんな言葉を拾い出していたら、当時嫁入り前の女性にとって和裁は、お料理お花お茶などのけいこ事以上に必修だったことも思い出され、会社勤めのかたわら図書館へ通う、詩や歌を書いて投稿する、雑誌の集会に出席するといった娘の行末を案じ、文学を好むことに賛意を表しながらも「頼むから裁縫を習ってくれ」と懇願した父の心を思い浮べます。「人の三倍時間がかかってもいいから、オハリを覚えてくれ」と言って、覚えておけ、とは言わなかったのでした。それで私は近所のお師匠さんの所へ、人の三分の一ぐらいの時間、通ったでしょうか。

やがて、大日本帝国が大東亜戦争と呼称した世界大戦に突入するのですが、それから一か月と経たない正月、私は日本髪を結ったものと見えます。空襲ですべての品物を失ったのに、何枚かの写真を勤め先の机の引出しにでも疎開しておいたのでしょう。その一枚が今も手元にあります。乙女島田に結った手絡（てがら）の色は、白黒でわかりませんが、記憶の中ではっきりとトキ色にうつります。着物の材質は錦紗、代赭（たいしゃ）色の中振袖で、目立たない花模様が肩から裾の方へ拡がっていましたが、これは人からゆずられた中古品です。写真の裏を返すと祖父の筆蹟で、昭和十七年一月二日とあり、たちまち戦乱にまきこまれる前日の、何も知らないのどかさをあらためて考えさせられました。

私は会社における地位も低く、月給も少なかったし、着る物に情熱をそそいだことがないので、いつも高価な物を身に付けたことがありません。着物は着て楽しむものではなく、常に着なければならないもの、だったような気がします。それにしても、もう少し自分に良い着物を着せてやってもよかった、と思わないでもありません。人間一生の間、そうたくさん着られるものでもないと気がついたのは、四十年働いた銀行を定年退職してからのことです。

悲しみと同量の喜び

昨年の晩秋、仕事で青森県の八戸へ行ったときのことです。夜の駅に着くと、待っていた人が遅い食事に案内してくれて、まずお酒と、鯛の生きづくりを注文しました。女店員さんが「鯛はありませんが、鰈ならあります」と言って、しばらくすると大皿に盛られた鰈が一尾、テーブルのまん中に置かれました。

その時の印象があまりに強烈だったので、東京へ帰って来て「喜び」という題の詩を書きました。途中から引用してみます。

運ばれてきた皿の上で
口を天上に仰向け
自分の姿態をスカートのようにひろげてみせた魚。
ひらかれ　そがれ　並べられた
白く透きとおるほどの身の置きどころ。

お酒をやると喜びます
店員が言った。
男がとっくりを手に
魚の口から酒をそそぐと
パクッとうごいた。
もう一口！
連れの女もまねた。
それから互に杯を傾け合った。
酒は半身(はんみ)の冷たい絶壁を
骨づたいに
熱く　熱く　落ちて行った。
——まだ生きている。

私は、これほど無残な喜びというものがあろうか、と思いました。水から揚げられた魚は、元の姿に見せかけられてはいても、すっかり庖丁を入れられ息もできずにいて、その口へ熱い液体が落ちてくる、夢中で飲む。飲んでもお酒は体内に入ることなく、身をそがれあらわになった骨を伝うばかりです。

魚にとって喜びであるはずがない、それを「お酒をやると喜びます」とは、何という人間の手前勝手、と義憤めいたものを感じる前に、私をとらえたのは悲しみでした。私は生きづくりを注文した側で、悲しむ資格はなかったのですが、身につまされるというのはこういうことを指すのでしょう。鰈の身の上と自分とを重ね合わせてしまいました。そうだ、たとえどんな状況に置かれたとしても、まだ生きているのだ、口をパクリとやる力は残されているのだ、それが喜びでなくてなんであろう――生きている喜び。

私の異母弟に赤ん坊のときの病気がもとで、小学校は出ましたが読み書きや計算の満足にできないおとながおります。我が家の皇太子、と心の中で呼んでおりますが、国の皇太子に年齢が近いというのが理由です。身体も丈夫で気立ても優しく、よく働いているはずです。というのは、人並に会社勤めなどできないので神奈川県にある親類の小さいドライブインに預け、お小遣い程度の給料で使ってもらっているからです。彼は自分がバカにされることを好みません。姉の欲目で見ると、彼はバカではありません。利口でないだけです。

どういうわけか十円玉を溜めていて、それを知った私もせっせと溜めはじめました。切符を買うときも新聞を買うときも、なるべくお釣をもらうようにして、受取った十円玉はほとんど遣いません。それをビニールの袋に入れておきます。弟は住込みなので、週一度の休みには東京品川区にある上の弟の家に帰ってまいります。私は大田区に住み、兄弟それぞれ独身です。そこで三人は落ち合って夕食をともにいたします。外へとんかつを食べに行ったり、品川の家ですきやきをしたりします。そのとき溜めておいた十円玉を弟に渡すのですが、十円玉である限り二千円でも三千円でも喜んで受取ってくれますが、千円札は遠慮してなかなか受取りません。「お姉ちゃん、いいんだよ、オレ金あるから」と言います。

彼は一晩泊って翌朝店に戻ることもあり、泊らずに遅く帰って行くこともあります。その際は、上の弟を品川の家に残し、大田区に住む私が下の弟といっしょに池上線に乗って、蒲田へ出る弟と途中で別れることになります。

ある晩のことでした。電車の来るのを待ってホームに腰掛けていました。「お金あるの」私が聞くと「大丈夫だヨ」と答えます。「足りなかったら言うのよ」「ああ、だけど、兄ちゃん働いてくれるといいんだけどナ」「仕方ないワ、からだが悪いんですもの」

二人は同じ電車に乗り、私は下車駅で降りるとアパートへ戻りました。少しすると電話が鳴って、弟の声です。「お姉ちゃん、アンタ僕のポケットにお金入れたでしょう」

責めるような口振りです。「入れないよ」「だってズボンの後ポケットに、くちゃくちゃの五百円札が入ってるんだ」「自分で入れたんでしょ」「そんなことない、へんだなあ」私もおかしいと思いました。弟がお札をくちゃくちゃにして入れたりしないことは想像できましたから。すると――私は電車に乗る前にホームの腰掛けでおとな二人が交した、子供っぽい会話、取りようによっては新派悲劇めいた科白を誰かが聞いて、五百円札をねじ込んだのではないか。そういえば三、四メートル先に青年が一人腰掛けていたなあ。もしかしたら――。

その時ふっと私の心に浮んだのは、喜びでした。何という恥ずかしい乞食根性。私たちは幸いお金に困っておりません。けれど上の弟と私は、二人がいなくなった後、年の離れた下の弟が一人生き残ることを案じております。そのことがあって、私はズボンのポケットにねじ込まれていた覚えのないお札が、五百円という金額ではなく、弟にそそがれる世の中の好意であったら、という思いに一瞬とらわれたのでした。――その喜び。

どうして年をとると、喜びひとつとっても複雑になるのでしょう。それで思い出すのは私の子供のころです。母は私が四歳のとき亡くなりましたので、父は再婚しました。伊豆の山村にある母の里に行くと、祖母はじつによく泣きました。大きくなった、と言っては泣き、不憫だ、と言っては般若のように顔をゆがめて泣きました。それは悲しいから涙を流すのだと、かたく信じていました。最近、私も年をとってハッと気がついたことがあります。祖母は孫に会えて喜びのあまり泣いていたのではないかと。その喜びの深さは悲しみと同量だったのではないかと。

ウリコの目　ムツの目

親戚の法事で、久しぶりに初冬の西伊豆へ行って来ました。

東京から下田まで列車で三時間足らず、その先バスで一時間、それだけのわずかな距離が、もう何年私を遠ざけてきたかわからないと思いました。午前中に発って午後の三時、車の片側のドアがポンとひらくと、いきなり空の蓋が開いたようで、私は山裾の、とっくに死んだ母の実家の前に立たされていました。

そこには根っこにつながっていた一株の芋が、ぞろぞろ地上に掘りおこされたかっこうで、親類縁者というものが顔を揃えにかかっているのでした。それと近隣の人たち、昔ながらの村の風習が残っているとみえ、エプロン姿の主婦たちが台所のうちそとで十人余り、当夜の会席膳の用意に立働いていていました。

慣れないものがなまじ手出しをしても邪魔になるだけのこと、私は挨拶をすませると早々に、居合せた、これも遠来のいとこと連れ立って外に出ました。

山の方へ行こうか、川を見に行くか、と聞かれ、両方へ行きたいと欲ばる私に、その時間はないよ、それなら川は明朝にしよう、山は明日にすると朝露に濡れてしまうからと、私よりひとまわり年下の男の足でスタスタ裏山の方向に歩き出しました。

なつかしいなァ、みんなもとのままだと思いながら、ふと足もとを見ると、山道はコンクリートに変り、車一台通れる道幅が上へと白く延びています。

平地の少い奥伊豆の山村では、ソーセージのように細長い稲田が、山裾からてっぺん近くまで耕されていたものですが、米の減反政策がそうさせたのでしょう、多くの田んぼがつぶされ、後に植えられた杉苗が今はすっかり育って、明るい見通しのきいた風景を、木蔭の深いものにしていました。

耕して天に届いた祖先の汗は、田んぼと一緒に枯らしてしまったのではないか、と疑いました。

山の中腹までくると、上の方からトランシーバーのアンテナを光らせながら、二人のハンターが下りて来ます。見ると、先に立った人の片手にくったりとぶらさがっているものがあります。私は足をとめ、垂れた重みが地とすれすれのところであやうく支えられ、揺れている物体を凝視しました。

すれ違うときハンターが立ちどまりました。私の無言の依頼に答えてくれたのです。先を歩いていたいとこも、振り返って近付いてきました。

「何ですか」私が聞きました。

「イノシシです」

「まあ！　ちいさいですね、いくつぐらいでしょう」

「春子、ことしの春生れです」

「かわいそうに」

嘆息する私に嫌な顔もせず、獲物を道のまん中に横たえて見せました。

いとこが尋ねました。「親は？」

「親は、向うの山で射止めたかも知れない、子を二、三匹連れてたのを十一人で追ったから」

鼻の先から尻尾までの丈は五十センチぐらい、その後脚の付根のあたりに散弾銃が命中したのでしょう。ざっくり割れ、真赤な傷口をあけています。

「さわっていいでしょうか」

「いいですよ」と先に手をあてて、

「まだあったかい」とつぶやきました。

私もこごんで胴に手を置くと、まだ生きているのではないかと思われるぬくもりが伝わってきました。半開きのまぶたの下に、透明のうすい膜に覆われた納戸(なんど)色の目がのぞいています。

伊豆の空を凝縮してイノシシの眼球に封じ込めたような色でした。

やがてハンターが無造作に後脚をつかんで下りて行ったあと、コンクリートの表面にはひとところ、濃い不透明な血がベットリ張り付いていました。

山から戻り、イノシシの一件を告げると、居合せた人たちは、そりゃウリコだよ、からだに瓜のような縞があったずら、イノシシの子供のことをウリコと呼ぶのだ、とてんでに私に教え、「殺してくれてよかったが（の）だ」と、一様に安堵するのでした。

ついこの間も大イノシシが通りまで出てきて、新聞屋さんの指をそぎ、大人二人を後から放り上げ、ほんとうだよ、ランドセルをしょった女の子をキバで引っかけて大怪我をさせた、と言います。生活するとなると「かわいそう」などと言っていられない事情があるのだなと、こんどはひどく恥ずかしい思いをしました。

僧侶の読経、集った人の念仏も終了。三十ほどの宴席の後片付けが一段落すると、台所を手伝ってくれていた女衆が車座になって、おすしやおまんじゅうをつまみながらの二次会になりました。そこには、若い日の私がおとずれたとき、集ってきたオバサンたちの顔が見当らず、すっかり世代交替していました。

隅の方で、こんな風に暮していたら私も人並に結婚していたかも知れないなあ、と自分でも考えつかないようなことを考えていると、中のひとりが私の傍に座を移し、語りかけてくれたこと。

「私が子供のとき、石垣さんがここに来ていて、東京へ帰る日でした」

三十代なかばぐらいでしょうか、その人を目の前にして、記憶の手がかりがつかめません。

「家の前を通るとき、松ちゃんさよならあ、松ちゃんさよならあ、と呼びかけながら帰って行ったんです。覚えていられますか」

「いいえ」

「家の中で私、聞いていたんです。忘れません」

「覚えていないけど、言ったかも知れませんね」

松ちゃんというのは私より一つか二つ上で色が白く、黒い目のぱっちり大きい美少女でした。まだ小学生のころ、夏休みに帰郷すると家が近かったせいか、遊び相手をしてくれて、リリアンでしおりなど編んでくれた、その編み目も彩りも美しかった。それ以後会う折もなく互いに成長して、松ちゃんの面影はリリアンどまり。

戦後に行って私がその家の前に立ったとき、松ちゃんは精神に異常をきたし、庭先に建てた小屋に入れられ、外から錠をかけられているということでした。いくら食べさせてもすぐにお腹をすかせ「おっかあちゃーん、めしをくらっしゃい」と叫ぶ声だけがしきりに聞えてきました。

それでも会いたかった。会わせてもらいたかった。裸同然でまるまるとふとってしまって、という噂が、同じ若さの私に遠慮を強いたのでした。

松ちゃんは行商人の男にだまされ、その男を追って真夜中、下田へ通じる山中の道を歩いて行ったといいます。そのころから変になったと。

「罪深いことをして……」

年若い娘にそんな思いをさせて去った見知らぬ男が、暗夜の山道に今も背を向けているようで、

「いけなかったのよね、あんなことをしてはいけなかったのよね」

と言っても仕方のない言葉を繰り返す私を、まじまじと見つめる松ちゃんの姪の目の中に、ようやく生前の、松ちゃんのそれも幼い面影が見えて来ました——似ている。

翌日、亡母の里を辞したその足で、こんどは南伊豆の海辺にある亡父の里へ、我が家の

墓掃除にまわりました。めったに墓参もしない親不孝者です。

親類の民宿に一泊、ほかに客はなく、浜辺も閑散としていました。発つ日の昼、心やすだてに調理場をのぞくと、まな板の上に三十センチほどの魚がのっています。後から女あるじの声がして、

「それでサシミをこさえて、あんたに食べさせようと思ってのう」

「何ていう魚？」

「ムツのちいさいが（の）だよ」

まるい目の色は濡れ光る濃紺でした。さながら深い海の色をはめこんだように。

乙女たち

新年を迎えるとみんな一斉にひとつ歳をとるというそれまでのしきたり、暦年齢の数え方が変更されたのは戦後何年たったときだろうと、日本史年表を繰ってみました。一九四九年（昭和二十四年）五月二十四日、年齢を満で数える法律公布とあります。

そろばんをはじいてみると最終的には一歳の違いに過ぎないものを、当座はひどく得をしたような、永遠に若返らせてもらったような気分でいたのを思い出します。同時に、慣れないせいか聞かれるたび、誕生日にさかのぼっては数え直し、自分の歳をたしかめてみないことには答えられませんでした。あれから約三十七年、最近は暦年齢方式も単純で良かった、などと考えています。

私の子供の頃は年末になると、商店街では軒並み揃いの門松を立てましたから、軒に届きそうな竹と、松の枝に飾られた町は道幅を少し狭くし、店の奥行を深くしました。北風に竹の葉が鳴るのを聞きながら〝もう幾つ寝るとお正月〟と歌って心待ちにした新年。

祭日には、小学校の講堂に全校児童を集めた儀式がとり行われました。そこで歌われる祝日の歌、元旦には〝年の始めのためしとて〟と先生ともども声を揃えて。式次第が全国一律だったらしいことは、先日電話で同世代の女性と思い出話をしていて、合致しました。どちらからともなく天長節の歌をメロディーに乗せて一節。次は紀元節の〝雲にそびゆる高千穂の〟になり、途中で言葉につかえて続かなくなったのが同じ箇所だったので大笑いしてしまいました。電話が長くなるのもこういう事情があるからです。あきれた！　いったい幾つなのですか、と言われたら今様に六十六歳と答えましょう。年をとっても気持は若い日のシッポをつけていて、対外的に老年を装うには不慣れだったりします。悲劇でしょうか、喜劇でしょうか。

夕暮れになると、散歩を兼ねて買物に出かけるのですが、ゆるい傾斜のある街道沿いの並木道を歩きながら、ふと振り返って見ることがあります。すると前を向いて歩いていたときとはまるで違う景色に出会って、新鮮な驚きを感じます。たったいま、私はこの風景のなかを通り過ぎてきたのだろうかと。

昭和六十一年の暮れ方の道で、今年は八幡神社の梅の花も節分に間に合わなかったこと、ベランダのネムの花が、早い年は五月末頃から咲くのに一か月以上遅れたうえ、花の数も例年に比べて極端に少なかったことなど振り返りました。

世間の重大事件はいろいろあったのに、なぜかそれ以上に重く私の心に置いて行かれたのは、二月フィリピン大統領選挙でマルコス政権が倒された際、選挙にたずさわった集計センター職員の中の三十人が、その不正に加担することを拒んで、集団職場放棄をしたことです。うち二十八人は女性で、新聞には乙女とありました。もし私がそのような不正に関わったとしたら……四十七士義人伝にある四十八人目の人間になりはしないか、と自分に問いかけるものがあります。そんな事態にいつ、どこで直面しないとも限らないと。

夜の太鼓

日帰りで房総半島の館山まで行ってきました。戦時中に一度行ったきりの町、私には四十何年ぶりかの再訪でした。そのときの駅名がどうもおかしい、場所は現在の館山以外に考えられないのに、記憶のなかではプラットホームで見た安房という字が浮んできて、それに続く名称が不確かなのです。その謎がこんど行ってようやく解けました。当時は「安房北条」と呼んでいたそうです。年配の人がなつかしそうに証明してくれました。

せっかく来たのだから仕事が済んだら、前に訪れた海軍航空隊の跡、それから少し離れているけれど花畑など見て帰りたいと思い、そのつもりでいましたが、時間が足りなくなってどれも果せませんでした。残念だという気持と、見残してくる楽しみが同量ぐらいで、機会を外すといつまた来られるかわからないのに、最近は惜しむことが少なくなりました。

館山から車でいくらでもない富山町という所の集会に出ましたが、半島の先端に近い内房の岸に立ったとき、遠い日に聞いた太鼓の音が、耳の底の方から響いてくるのに気がつきました。

私は東京で生れましたが、両親の関係で本籍地が南伊豆になっています。半世紀も前は交通の便のわるい所で、今なら急行列車で三時間かからない下田へ行くのに、夜おそく東海汽船に乗り大島経由で翌朝到着する、それが比較的楽な帰郷の方法でした。戦争があまり激化しないころ、けれど戦争はすでにはじまっていて、近海の航路も決して安全ではないといった当時の一人旅で、私は東京湾から外洋に出る時刻、敵を警戒して灯火を暗くした船のデッキに立って遠くを眺めていました。

すると深い空の下、細長いシルエットを海上に横たえた房総半島のどこからか、かすかにトコ、トントン、と太鼓の音が響いてきました。祭太鼓だろうか。耳を澄ますと一層よく聞えてきました。トン、トコトン。戦争中だけれど、あそこではお祭をしているらしい、いいなあ。危険な領域にさしかかる船の上で、あの辺りにはまだ安心というものがあるのかという驚き。心の底から湧いてくる羨しさと喜びに打たれていました。

そのときの思いが突然よみがえってきたのです。真昼の富山町の海辺で。もしかしたら、あの夜の太鼓はこの辺りで打っていたのとちがうだろうか、方角からいって、そんな見当にも考えられる。なんという遥かなことだろう、還暦も過ぎた私がいまここに立っているということは。

汽船で夜の海を渡って行った若い日の私は、翌朝まちがいなく伊豆に着いたけれど、その先の人生航路には空襲も、飢餓も、病気も待ち構えていたのでした。

胸のあたりで軽く腕を組み、沖の方を見つめていたら、音ともいえない小さな鼓動、心臓の音がトントン、コトコトと手のひらに伝わってきました。

解説

梯　久美子

石垣りんの名を、教科書で知ったという人は多いのではないだろうか。「私の前にある鍋とお釜と燃える火と」「表札」「空をかついで」などの作品が、これまで中学校や高校の国語教科書に採用されてきた。

戦後を代表する詩人のひとりに数えられる石垣りんは、一方で、すぐれた散文を多く書き残している。生前に刊行されたエッセイ集が三冊あり、そこから七十一篇を選んで収録したのが本書である。

石垣りんに対して、優等生的な「教科書の詩人」というイメージしかもっていなかった人は、本書を読んで、世の中を見る彼女の目の仮借のなさに驚くかもしれない。たとえば「I　はたらく」にある、「よい顔と幸福」と題された文章の辛辣さはどうだろう。

石垣りんは銀行員として長く働いた人である。その銀行の職場新聞に載ったある投稿の話からこのエッセイは始まる。自分たち銀行員を〈大へん良い顔をしている〉と自賛し、

〈ことにわが子息たちはまことに良い顔をしている〉とする文章に、彼女は強烈な違和感をもつ。

貧しさゆえに教育を受けられない人たちのことに思いが至らず、特権を当然のものとして享受する人たち。エリートの無神経さと、持つ者／持たざる者の分断、階層の固定化といった現在まで続く問題を、石垣りんは半世紀以上前に、借りものではない自分の言葉で、こんなにも具体的に語っていたのだ。

このエッセイの中で石垣りんは、大組織のいちばん低い場所で長年働いてきた自分を〈アウトサイダー〉と明確に位置づけている。アウトサイダーの目を持たねば見えないものがあるという自覚は、彼女の詩にも通底するものだ。

書かれた内容にも増して私が驚いたのは、このエッセイが、石垣りんが勤めていた銀行の行友会誌に発表されたものだという事実である。高等小学校を卒業して事務見習いとして入行したのが十四歳、文中に勤続二十五年とあるから、三十九歳のときである。私は銀行の後輩にあたるという女性からその掲載誌を見せてもらったが、黄ばんだ誌面に印刷された文章を改めて読みながら、「書く女」としての石垣りんに圧倒される思いがした。

晩年の石垣りんと交流のあった元新聞記者の栗田亘氏は、なぜ詩を書くのかと彼女に尋ねたことがあるという。するとこんな答えが返ってきたそうだ。

〈長いこと働いてきて、人の下で、言われたことしかしてこなくてね。でも、ある時点から自分のことばが欲しかったんじゃないかな。何にも言えないけれど、これを言うときはどんな目に遭ってもいいって〉（「お別れのことば」より）

どんな目に遭ってもいい、という覚悟で石垣りんは詩を書いていた。それはおそらく散文においても同じだったのだと思う。

栗田氏は、この〈凛とした、明晰なことば〉を、彼女が〈少女のように羞じらいを含んで〉語ったと書いている。

石垣りんを知る人は一様に、彼女がはにかみやで遠慮がちな人だったと回想している。詩人の谷川俊太郎氏は、石垣りんが八十四歳で亡くなったとき、別れの会で朗読した詩で、こう呼びかけた。

〈何度も会ったのに／親しい言葉もかけて貰ったのに　石垣さん／私は本当のあなたに会ったことがなかった／きれいな声の　優しい丸顔のあなたが／何かを隠していたとは思わない／あなたは詩では怖いほど正直だったから〉（「石垣さん」より）

おだやかで控えめで、いつも優しい笑みを浮かべていた石垣りんは、ひとたびペンを持てば、誰にもおもねらず、遠慮せず、本当のことを書いた。その覚悟と矜持は、本書に収められたエッセイにもたしかに息づいている。

石垣りんの詩にもエッセイにも、身を挺してつかみ取った批評性がある。だがそれだけではない。同時に、隣人に注がれる、あたたかい目が存在する。

「II　ひとりで暮らす」にある「花嫁」は、公衆浴場で見知らぬ女性から、衿足を剃ってほしいと頼まれる話である。明日嫁に行くと言われて、石垣りんは祈るように差し出されたカミソリを受け取る。

〈明日嫁入るという日、美容院へも行かずに済ます、ゆたかでない人間の喜びのゆたかさが湯気の中で、むこう向きにうなじをたれている、と思った〉

何と美しい描写であることか。人間というものの、切なさといじらしさがここにはある。見知らぬ人の衿足にカミソリを当てるのは、親切心や優しさだけではできないことで、ひとつの決心がいる。その決心をうながしたのは、りんと同じく都会でひとり生きてきたこの女性の孤独だったに違いない。

石垣りんは、独身のまま生涯を全うした。さまざまな事情はあったにせよ、ひとりで生きて死ぬことを選んだ人である。自立、という言葉が軽く感じられるほど、孤独をその身に深く引き受け、個として生きるよろこびと哀しみを味わい尽くした。その軌跡は、彼女が残した詩と散文に刻まれている。

詩人の三木卓氏は、彼女を〈単独者〉と呼び、〈その目は、生活の表層にとどまるという幸福を得ることができず、深く人間の生の本質的な条件を見てしまわないではすまない〉と書いている（「生活の本質見抜いた目——石垣りんさんを悼む」より）。

本書に収められたエッセイの一篇一篇には、石垣りんの人生の断片がちりばめられており、その背後に、彼女が生きた時代が見え隠れする。より深く彼女の文章を味わってもらうため、石垣りんがどのような人生を歩んだのかを、簡単ではあるが最後に記しておく。

石垣りんは一九二〇（大正九）年、東京に生まれた。父の仁は赤坂で薪炭商を営んでいた。生母のすみは、りんが四歳のとき三十歳の若さで病死。父はすみの妹を後妻に迎えるが、りんの叔母にあたるこの人も早世する。父は三人目の妻を迎えるも離婚、その後、りんが十七歳のときに四度目の結婚をした。

高等小学校卒業後、十四歳で丸の内の日本興業銀行に事務見習いとして就職。自分の稼いだお金で自由に本を買い、ものを書きたかったから進学しなかったという。少女雑誌に詩や小説を投稿し、やがて仲間たちと女性だけの詩誌を創刊する。

太平洋戦争が始まったとき二十一歳、疎開はせずに銀行で働き続け、二十五歳で終戦を迎えた。赤坂の家は空襲で全焼し、戦後は品川の路地裏にある十坪ほどの借家に、祖父、父、義母、二人の弟と暮らした。父は身体を壊して働けず、上の弟は病気のため無職、下の弟は障害があり、家族六人の生活がりん一人の肩にかかってきた。以後、銀行で働いて家族を養いながら詩を書き続けた。

老いてなお四人目の妻に甘えて暮らす父をりんは嫌悪し、義母とも折り合いが悪かった。このころのりんは〈この家／私をいらだたせ／私の顔をそむけさせる／この、愛というもののいやらしさ〉(「家」)、〈父と義母があんまり仲が良いので／鼻をつまみたくなるのだ／きたなさが身に沁みるのだ〉(「家――きんかくし」)といった痛烈な詩を書いている。

三十三歳のときに祖父が、三十七歳のときに父が死去。残された家族の面倒は引き続きりんが見た。

満五十五歳になる前日、銀行を定年退職。その五年前に、退職金でローンを完済できる見込みの1DKのマンションを購入していた。本書のエッセイにも登場する私鉄沿線のこのマンションは、十四歳から働き、戦後は家族を養ってきたりんが、ようやく持つことのできた自分ひとりの城である。

二〇〇四年、八十四歳で死去。詩集は生前に刊行した『私の前にある鍋とお釜と燃える火と』『表札など』『略歴』『やさしい言葉』および、没後に遺稿から編まれた『レモンとねずみ』がある。

(かけはし・くみこ　ノンフィクション作家)

初出一覧

Ⅰ　はたらく

宿借り　「サンケイ新聞」一九六九年四月二十日

けちん坊　「行友ニュース」一九五八年一月二十日

朝のあかり　「暮しの手帖」一九六八年秋号

雨と言葉　「サンデー毎日」一九七三年七月十五日号

目下工事中　「婦人民主新聞」一九六〇年三月二十七日

よい顔と幸福　「行友会誌」一九六〇年十二月号

日　記　「詩と批評」一九六七年五月号

晴　着　「NOMAプレスサービス」一九七一年十一月二十日

事務服　「文藝春秋」一九七二年七月号

事務員として働きつづけて　「食生活」一九七二年三月号

おそば　「新潟日報」一九七二年四月三十日

領分のない人たち　「マイファミリー」一九七二年十月号

食扶持のこと　「学習のひろば」一九七三年一月号

着る人・つくる人　「ふうあい」一九七五年十一月号

巣立った日の装い　「共同通信」一九七九年三月十七日

試験管に入れて　「共同通信」一九七二年十一月三十日

夜の海　「婦人公論」一九七三年七月号

こしかた・ゆくすえ　「婦人之友」一九七三年八月号

Ⅱ　ひとりで暮らす

呑川のほとり　「現代詩手帖」一九七六年八月

号
シジミ　「新潟日報」一九七二年四月二十六日
春の日に　「思想の科学」一九七一年七月号
電車の音　「暮しの手帖」一九七三年春号
器　量　「食生活」一九七三年六月号
花　嫁　「暮しの手帖」一九六七年秋号
通じない　「ひろば」一九七三年冬号
女の手仕事　「朝日新聞」一九七五年六月十六日
つき合いの芽　「望星」一九七三年七月号
彼　岸　「公明新聞」一九七七年三月十七日
コイン・ランドリー　「公明新聞」一九七七年四月十四日
ぜいたくの重み　「婦人之友」一九七八年十二月号
水はもどらないから　「毎日新聞」一九七八年九月二十六日
愛　車　「赤旗」一九七九年七月十五日
庭　「赤旗」一九七九年八月十二日
籠の鳥　「赤旗」一九七九年十一月五日
貼　紙　「ちくま」一九八〇年十月号
山　姥　「ちくま」一九八〇年十一月号
梅が咲きました　「赤旗」（日曜版）一九八二年一月三十一日
雪　谷　「東京新聞」一九八六年四月十八日
私のテレビ利用法　「毎日新聞」一九八三年三月二十日、二十七日
かたち　「婦人之友」一九七七年三月号

III　詩を書く

立場のある詩　『詩の本II』筑摩書房、一九六七年十一月
花よ、空を突け　「ミセス」一九六九年四月号
持続と詩　「読売新聞」一九六九年五月十八日
生活の中の詩　「芸術生活」一九六九年六月号
仕　事　「図書」一九七一年二月号
お酒かかえて　「酒」一九七一年七月号
福田正夫　「日本経済新聞」一九七七年八月一日〜三日
銀行員の詩集　「詩人会議」一九七五年十一月

号

詩を書くことと、生きること　NHK「人生読本」一九七一年七月、「図書」七一年八月号

Ⅳ　齢を重ねる

終着駅　「サンケイ新聞」一九七五年三月十二日

四月の合計　「NOMA～PS」一九七九年二月五日

二月のおみくじ　「サッポロビール」一九七六年二月号

椅　子　「図書」一九七六年三月号

私はなぜ結婚しないか　「面白半分」一九七六年三月号

せつなさ　「公明新聞」一九七七年二月十七日

インスタントラーメン　「食生活」一九七八年九月号

火を止めるまで　「ちくま」一九八〇年十二月号

しつけ糸　「望郷」一九八二年一月号

鳥／おばあさん／空港で／八　月／港区で／花の店／隣　人　「にじのひろば」一九八五年五月～十一月号

風　景　「にじのひろば」一九八六年一月号

思い出が着ている　「マダム」一九八〇年十月号

悲しみと同量の喜び　「ひろば」一九八〇年冬号

ウリコの目　ムツの目　「クロワッサン」一九八三年一二五号

乙女たち　「にじのひろば」一九八七年一月号

夜の太鼓　「にじのひろば」一九八六年十一月号

編集付記

一、本書は著者のエッセイ集『ユーモアの鎖国』（一九八七年、ちくま文庫）『焔に手をかざして』（一九九二年、ちくま文庫）『夜の太鼓』（二〇〇一年、ちくま文庫）を底本とし、独自に作品を選定し再編集したものである。文庫オリジナル。

一、本文中に今日の人権意識に照らして不適切な語句や表現が見受けられるが、著者が故人であること、執筆当時の時代背景と作品の文化的価値を考慮し、底本のままとした。

中公文庫

朝(あさ)のあかり
――石垣(いしがき)りんエッセイ集(しゅう)

2023年2月25日　初版発行
2023年9月30日　7刷発行

著者　石垣(いしがき)りん

発行者　安部順一

発行所　中央公論新社
〒100-8152　東京都千代田区大手町1-7-1
電話　販売 03-5299-1730　編集 03-5299-1890
URL https://www.chuko.co.jp/

DTP　嵐下英治
印刷　三晃印刷
製本　小泉製本

Published by CHUOKORON-SHINSHA, INC.
Printed in Japan　ISBN978-4-12-207318-0 C1195

各書目の下段の数字はISBNコードです。978－4－12が省略してあります。

中公文庫既刊より

よ-47-1
洟（はな）をたらした神　吉野　せい
詩人である夫とともに開墾者として生きた女性の年代記。残酷なまでに厳しい自然、弱くも逞しくもある人々、夫との愛憎などを、質実かつ研ぎ澄まされた言葉でつづる。
205727-2

い-116-1
食べごしらえ　おままごと　石牟礼道子
父がつくったぶえんずし、獅子舞にさしだした鯛の身。土地に根ざした食と四季について、記憶を自在に行き来しながら多彩なことばでつづる。〈解説〉池澤夏樹
205699-2

た-15-10
富士日記（上）新版　武田百合子
夫・武田泰淳と過ごした富士山麓での十三年間を克明に描いた日記文学の白眉。昭和三十九年七月から四十一年九月分を収録。〈巻末エッセイ〉大岡昇平
206737-0

た-15-11
富士日記（中）新版　武田百合子
愛犬の死、湖上花火、大岡昇平夫妻との交流。昭和四十一年十月から四十四年六月の日記を収録する。田村俊子賞受賞作。〈巻末エッセイ〉しまおまほ
206746-2

た-15-12
富士日記（下）新版　武田百合子
季節のうつろい、そして夫の病。山荘でともに過ごした最後の日々を綴る。昭和四十四年七月から五十一年九月までを収めた最終巻。〈巻末エッセイ〉武田　花
206754-7

し-11-2
海辺の生と死　島尾　ミホ
記憶の奥に刻まれた奄美の暮らしや風物、幼時の思い出、特攻隊長として島にやって来た夫島尾敏雄との出会いなどを、ひたむきな眼差しで心のままに綴る。
205816-3

こ-58-1
清冽　詩人茨木のり子の肖像　後藤　正治
「倚りかからず」に生きた、詩人・茨木のり子の初の本格評伝。親族や詩の仲間など、茨木を身近に知る人物に丁寧に話を聞き、79年の生涯を静かに描く。
206037-1